www.ingramcontent.com/pod-product-compliance
Lightning Source LLC
LaVergne TN
LVHW020448080526
838202LV00055B/5387
9788119022663

گلستانِ ظرافت

(جلد: 1 - شمارہ: 1)

اولین شامِ ظرافت

دبستانِ ظرافت (کلکتہ)

کا ترجمان

© Taemeer Publications
Gulistaan-e-Zaraafat *(Vol. 1-1)*
Edited by: Jawed Nehal Hashami
Edition: March '2023
Publisher& Printer:
Taemeer Publications, Hyderabad.

ISBN 978-81-19-02266-3

9 788119 022663

مصنف یاناشر کی پیشگی اجازت کے بغیر اس کتاب کا کوئی بھی حصہ کسی بھی شکل میں بشمول ویب سائٹ پر اَپ لوڈنگ کے لیے استعمال نہ کیا جائے۔ نیز اس کتاب پر کسی بھی قسم کے تنازع کو نمٹانے کا اختیار صرف حیدرآباد (تلنگانہ) کی عدلیہ کو ہوگا۔

©تعمیر پبلی کیشنز

کتاب	:	**گلستانِ ظرافت** (جلد: 1 - شمارہ: 1)
مرتب	:	**جاوید نہال حشمی**
صنف	:	مجلہ
ناشر	:	تعمیر پبلی کیشنز (حیدرآباد، انڈیا)
زیر اہتمام	:	دبستانِ ظرافت ، کلکتہ
سالِ اشاعت	:	۲۰۲۳ء
تعداد	:	(پرنٹ آن ڈیمانڈ)
صفحات	:	۴۰
کمپوزنگ و سرورق	:	دبستانِ ظرافت (کلکتہ)

قائم شدہ: 2023

دبستانِ ظرافت (کلکتہ) کا ترجمان

گلستانِ ظرافت

مدیرِ اعزازی: جاوید نہال حشمی

ارا کین دبستانِ ظرافت، کلکتہ:

سرپرست:
ابوالکلام رحمانی، حلیم صابر

صدر: سیّد حسین احمد زاہدی

نائب صدر: ارشد جمال حشمی

معتمد: جاوید نہال حشمی، نائب معتمد: مبارک علی مبارکی

معتمد برائے نشر و اشاعت:
اشرف احمد جعفری

۱۔ کچھ دبستانِ ظرافت کے بارے میں	تعارف	ادارہ	3
۲۔ اولین شامِ ظرافت کا انعقاد	(رپوتاژ)	ادارہ	5
۳۔ ...اور داد مل گئی	(طنز و مزاح)	مبارک علی مبارکی	7
۴۔ بلا عنوان	(طنز و مزاح)	سنجر ہلال بھارتی	10
۵۔ مزاحیہ غزل	(طنز و مزاح)	احمد کمال حشمی	11
۶۔ وہاٹ این آیپ!	(انشائیہ)	ارشد جمال حشمی	12
۷۔ شیر محمد بکری	(انشائیہ)	قیوم بدر	15
۸۔ بخت گزیدہ	(مزاحیہ نظم)	اشرف احمد جعفری	17
۹۔ چِڑنے کی بھی حد ہوتی ہے!	(انشائیہ)	ایم۔ سعید اعظمی	18
۱۰۔ کھڑکی	(انشائیہ)	سید حسین احمد زاھدی	21
۱۱۔ "ہم ہوا میں ہوں"	(طنز و مزاح)	شکیل احمد	24
۱۲۔ میڈاِن چائنہ	(انشائیہ)	عامر کاظمی	30
۱۳۔ مزاحیہ غزل (گولی سے اُڑا دو!)	(طنز و مزاح)	جاوید نہال حشمی	32

اداریہ
کچھ
دبستانِ ظرافت کلکتہ
کے بارے میں

ایک مختصر مدت میں سائنس اور ٹیکنولوجی کے ماہرین کے ذریعہ موبائل فون کی ایجاد اور پھر کارپوریٹ صنعت کاروں کے ذریعہ پوری دنیا میں اس کی تشہیر اور کھپت نے انسان کی مادی ترقی اور روز مرہ کی زندگی میں ایک ایسا انقلاب بپا کر دیا جس کی ماضی میں کوئی نظیر نہیں ملتی۔ پھر انٹرنیٹ کی وسعت اور سوشل میڈیا کے فروغ نے ترسیل و رابطے (Communication) کی دنیا میں ایسی انقلابی تبدیلیاں لائیں کہ چند دہائیوں قبل تک ان کا تصور بھی ناممکن تھا۔ ہندوستان میں دھیرو بھائی امبانی کی ریلائنس کمپنی نے حسبِ اعلان "کر لو دنیا مٹھی میں" رِکشا کھینچنے والوں سے لے سبزی بیچنے والیوں تک کے ہاتھ میں موبائل فون پہنچا دیا، اور یوں واقعی دنیا ہر ایک کی مٹھی میں کر دی۔ لیکن پھر اینڈرائڈ / اسمارٹ فون کی آمد نے گویا یہ نقشہ ایک دم سے پلٹ کر رکھ دیا۔

اب ہر فرد موبائل کی مٹھی میں ہے!

زکر برگ کا یہ دعویٰ کہ فیس بک دہائیوں سے بچھڑے، ہزاروں میل دور بیٹھے لوگوں کو ایک دوسرے کے اتنے قریب لاتا ہے گویا وہ ایک ہی کمرے میں ایک دوسرے کے روبرو بیٹھے بات کر رہے ہوں، حقیقت تو ہے مگر اس کا دوسرا پہلو اس کے بالکل برعکس ہے۔ آج ایک ہی گھر کے مختلف کمروں میں بیٹھے افراد ایک دوسرے سے سینکڑوں میل دور ہیں! ایک صوفے کے دونوں سرے اتنے فاصلے پر واقع ہیں کہ وہاں بیٹھے دونوں افراد ایک دوسرے کی آواز سننے سے قاصر ہیں۔ اس استغراق نے ہمیں بھیڑ میں تنہا کر دیا ہے... اتنا تنہا کہ اب گھر کے سامنے والی نکّڑ پر ہر شام گپیں مارنے والے دوستوں کے اڈّے نہیں جمتے، دروازوں اور کھڑکیوں کے باہر سے ساتھیوں کے بلانے کی آوازیں نہیں آتیں۔ ان سب کی ضرورت ہی نہیں پڑتی۔ ایک virtual دنیا نے ہمیں ایک دوسرے کی صحبت میں بیٹھے رہنے کے جھوٹے احساس سے سرشار کر رکھا ہے۔ سانحات پر ہمدردی یا تعزیت کا معاملہ ہو یا کامیابی پر خوشی کا اظہار، کمرے کے کھونٹوں پر ٹنگے متعدد و مختلف شکل کے مکھوٹوں میں سے حسبِ ضرورت ایک مخصوص مکھوٹا (ایموجی) چہرے پر چڑھائے ہم کمنٹ باکس کا ایک چکر لگا

آتے ہیں۔ ان مکھوٹوں نے ہمارے جذبات واحساسات کو بھی کھوکھلا کر دیا ہے۔ اب تک ہم حقیقی زندگی کی تلخیوں سے عارضی فرار کے لیے موسیقی، فلم اور شراب کے سہارے خیالی دنیا سے لذّت کشید کرتے تھے۔ لیکن آج ہمیں غیر حقیقی دنیا میں ہنستے ہنستے بور ہو کر حقیقی دنیا میں ایک دوسرے کے سامنے بیٹھ کر مُسکرانے کی خواہش ہو رہی ہے۔ اس کا بین ثبوت دبستانِ ظرافت کی اولین شامِ ظرافت ہے جس کی زبردست پذیرائی کی گئی۔ اعلان سے انعقاد تک، اور رپورٹنگ کے بعد تک، لوگوں نے کہا کہ کاش، انہیں بھی اس دلچسپ، قہقہوں بھری محفل میں شرکت کا موقع ملتا۔ دراصل اس ادارے کے قیام کا مقصد ہی یہ ہے کہ ہم مکھوٹا ہٹا کر ہنسیں، ایک دوسرے کے کندھے پر ہاتھ مار کر ہنسیں، نہ صرف ہنسیں بلکہ ایک دوسرے کی مسکراہٹوں اور قہقہوں کو محسوس بھی کریں۔

مغربی بنگال میں ہی نہیں پورے ہندوستان میں اردو میں طنز و مزاح لکھنے والوں کی کمی ہے، اور اس صنف میں معیاری تحریر خلق کرنے والے تخلیق کاروں کی تو اور بھی کمی ہے۔ دبستانِ ظرافت کلکتہ کے قیام کا بنیادی مقصد موجودہ ظرافت نگاروں کو، بطور خاص مغربی بنگال کے، ایک پلیٹ فارم پر یکجا کرنے کے ساتھ ساتھ نئے لکھنے والوں کی حوصلہ افزائی بھی ہے۔ امید قوی ہے کہ اس ادارے کے قیام کے بعد گمنام یا خاموش مگر باصلاحیت ظرافت نگار بھی انگڑائیاں لے کر اپنی موجودگی کا احساس دلائیں گے۔ کئی ایسے افراد بھی ہیں جو فطرتاً بذلہ سنج واقع ہوئے ہیں اور روزمرہ کی زندگی میں بڑے برجستہ طنزیہ و مزاحیہ فقروں کا استعمال کرتے ہیں مگر اپنے اس وصف کو تخلیقی سانچے میں ڈھالنے سے یا تو قاصر ہیں یا پھر کبھی اس جانب توجہ ہی نہیں دی۔ ہم کہنہ مشقوں کے ساتھ نئے لکھنے والوں کا بھی پر خلوص استقبال کرتے ہیں۔ دبستانِ ظرافت واٹس ایپ گروپ میں شمولیت کے خواہش مند خواتین وحضرات خاکسار کے نمبر (9830474661) یا ادارے کے نائب معتمد جناب مبارک علی مبارکی کے واٹس ایپ نمبر 9564731283 پر رابطہ کر سکتے ہیں۔

ہمیں خوشی ہے کہ نہ صرف ریاست اور بیرون ریاست کے متعدد ظرافت نگار ادارے سے منسلک ہیں بلکہ اسے ابوالکلام رحمانی، سید حسین احمد زاہدی اور حلیم صابر جیسے سینئر لکھنے والوں کی سرپرستی بھی حاصل ہے۔

گلستانِ ظرافت، دبستانِ ظرافت کلکتہ کا ترجمان ہے۔ اس کی اشاعت ہر نشست کے فوراً بعد ہو گی جس میں سابقہ نشست میں پڑھی گئی نگارشات اور تاثرات نیز رپورٹ اور تصاویر شامل ہوں گی۔ اگلے شمارے سے قارئین کے مختصر تاثرات بھی شاملِ اشاعت ہوں گے۔ کچھ ناگزیر وجوہات کے سبب یہ شمارہ قدرے تاخیر سے شائع ہو رہا ہے جس کے لیے ہم معذرت خواہ ہیں۔

ہمیں آپ کی رائے کا انتظار رہے گا۔

رپوتاژ

دبستانِ ظرافت کلکتہ

کے زیرِ اہتمام اوّلین شامِ ظرافت کا کامیاب اور شاندار انعقاد

(پریس ریلیز): سنیچر 21 جنوری 2023 کی شام دبستانِ ظرافت (کلکتہ) کی اوّلین نشست بعنوان شامِ ظرافت۔ معروف انشائیہ، افسانہ و افسانچہ نگار جاوید نہال حشمی کی میزبانی میں ان کی رہائش گاہ B-5 گورنمنٹ آر ایچ ای، ہیسٹنگز، خضر پور (کولکاتا) پر منعقد کی گئی جس کی صدارت معروف شاعر اور صحافی انجم عظیم آبادی نے فرمائی جب کہ نظامت کے فرائض مشہور شاعر و مترجم احمد کمال حشمی نے نہایت حسن وخوبی کے ساتھ انجام دیئے۔ اس جلسے کی خصوصیت یہ تھی کہ اس آف لائن نشست میں دور دراز کے لوگ بھی نہ صرف آن لائن شرکت کر سکتے تھے بلکہ اپنی تخلیق پڑھ سکتے تھے نیز اظہار خیال بھی کر سکتے تھے جنہیں جلسہ گاہ میں موجود شرکاء پروجیکٹر اسکرین پر دیکھ اور ان سے چیٹ (Chat) کر سکتے تھے۔

کچھ ناگزیر حالات کے سبب نشست شام 6 کی بجائے 7 بجے شروع ہوئی۔ ناظم جلسہ نے تمہیدی گفتگو کے بعد موظف معلم اردو، مخلص خادم اردو اور بزم نثّار کلکتہ کے بانی و معتمد اشرف احمد جعفری کو شرکاء کا تعارف پیش کرنے کی دعوت دی۔ اس کے بعد اشرف احمد جعفری نے تمام شرکاء کی خدمت میں بزم نثار کی طرف سے قلم کا تحفہ پیش کیا۔ سب سے پہلے معروف شاعر اور مزاح نگار مبارک علی مبارکی نے "اور داد ملی گئی" کے عنوان سے اپنا نہایت دلچسپ طنزیہ و مزاحیہ مضمون سنایا اور بیشتر جملوں اور فقروں پر داد و تحسین بٹورتے رہے۔ ان کے بعد یوٹیوب چینل "گمنام قصّے" کے خالق، سحر انگیز آواز کے مالک شکیل احمد نے اپنا مزاحیہ مضمون "ہم ہَوا میں ہوں" سنایا۔ مختلف کرداروں کی آواز نکالنے کی فن کاری کا مظاہرہ کرتے ہوئے انہوں نے سامعین کو خوب محظوظ کیا۔ اس دوران گھر کی بنی کھیر اور چکن پیارے کباب کے ساتھ چائے اور کافی کے دور بھی چلے۔ ڈاکٹر سنجر

ہلال بھارتی، معلم اردو، کلکتہ مدرسہ اینگلو پرشین ڈپارٹمنٹ، نے "بلا عنوان" کے نام سے صرف مکالموں پر مبنی ایک منفرد انداز کی دلچسپ طنزیہ تخلیق پیش کی۔ جملوں کی برجستگی اور معنی خیزی نے سامعین کو واہ واہ کرنے پر مجبور کر دیا۔ اس کے بعد معروف و معتبر شاعر اور ڈسٹرکٹ مائناریٹی افسر ارشد جمال حشمی نے اپنا شاندار انشائیہ "واٹ این ایپ" پیش کیا جس کی زبردست پذیرائی ہوئی، اور اسے شامِ ظرافت کی بہترین پیش کش قرار دیا گیا۔ اشرف احمد جعفری نے ایک پیروڈی بعنوان "بخت گزیدہ" سنا کر تمام شرکاء کو نہ صرف چونکا دیا بلکہ خوب داد و تحسین وصول کی۔ جاوید نہال حشمی نے اسے ان کی "آپ بیتی" قرار دیا۔ شروع سے ہی آن لائن موجود فیس بک کی جانی پہچانی شخصیت اور پر مذاق طبیعت کے مالک عامر کاظمی نے اپنی تخلیق پڑھنے کی اجازت طلب کی اور صدر جلسہ کی اجازت سے اپنا طنزیہ و مزاحیہ مضمون "میڈاِن چائنا" پیش کیا جسے سامعین نے بغور سنا اور پسند کیا۔ اس کے بعد ناظم جلسہ احمد کمال حشمی نے اپنی کچھ پیروڈیز پیش کیں اور ایک مزاحیہ غزل سنائی جس کا سامعین نے خوب خوب لطف لیا۔ مشہور و معروف انشائیہ اور طنز و مزاح نگار قیوم بدر نے اپنے منفرد انداز میں ٹھہر ٹھہر کر اپنا انشائیہ "شیر محمد بکری" سنایا جس میں تخلص اور کنیت کو موضوع بنا کر کئی دلچسپ جملوں اور برجستہ و معنی خیز فقروں سے سامعین کی کافی تفریح کا سامان مہیا کیا۔ جاوید نہال حشمی نے وقت کی کمی کے سبب انشائیہ پر مزاحیہ غزل کو فوقیت دی جسے سامعین نے نہ صرف پسند کیا بلکہ مسرت آمیز حیرانگی کا اظہار بھی کیا اور کاوش جاری رکھنے کی تلقین کی۔ آخر میں ایم سعید اعظمی نے اپنا انشائیہ "چڑنے کی بھی حد ہوتی ہے" اور حسین احمد زاہدی نے انشائیہ "کھڑکی" پیش کیا۔ مہمانِ خصوصی جناب ابوالکلام رحمانی نے اپنی مصروفیت کے سبب درمیان میں ہی مختصراً اپنی بات رکھ کر معذرت چاہ لی۔ صدر جلسہ نے آخر میں اظہارِ خیال کرتے ہوئے بتایا کہ "ظرافت" کے لغوی معنی میں طنز کا عنصر شامل نہیں ہے مگر ظرافت کی محفلوں میں طنز اور مزاح کو ساتھ پیش کرنے میں کوئی مضائقہ نہیں۔ انہوں نے پڑھی گئی تمام نگارشات پر اپنی رائے رکھی۔ انہوں نے اس حسن اتفاق پر تعجب کا اظہار کرتے ہوئے اسے خوش آئند امر بھی بتایا کہ ارشد جمال حشمی نے جو شاعر کی حیثیت سے جانے جاتے ہیں، انشائیہ سنایا جب کہ افسانہ و انشائیہ نگار کی حیثیت سے شناخت رکھنے والے جاوید نہال حشمی نے مزاحیہ غزل پیش کی۔ انہوں نے احمد کمال حشمی کی نظامت کی بطور خاص تعریف کرتے ہوئے جاوید نہال حشمی کی میزبانی نیز ان کی بیگم کے تعاون کا شکریہ ادا کیا۔ مذکورہ لوگوں کے علاوہ کانکی نارہ سے تشریف لائے اختر علی، افسانہ نگار اور بادشاہ خان سین ٹیبزی گرلس ہائی اسکول کی سائنس کی معلمہ عشرت صراط حشمی اور مسز اشرف احمد جعفری بھی شریکِ محفل تھیں۔ اشرف احمد جعفری اور احمد کمال حشمی نے دبستانِ ظرافت کی آئندہ تقریب کسی بڑی جگہ یا ہال میں کرانے کا مشورہ دیا اور اپنی جانب سے مالی تعاون کی بھی پیش کش کی۔ تقریب کا اختتام رات تقریباً دس بجے ہوا۔

دبستانِ ظرافت کلکتہ کا ترجمان 7 گلستانِ ظرافت

... اور داد مل گئی

طنز و مزاح

مبارک علی مبارکی

برسوں ہوگئے مجھے شاعری کرتے ہوئے۔ اپنا معیاری کلام بہت سے معیاری کہے جانے والے رسائل و اخبارات کو ارسال کیا۔ لیکن کسی بھی مدیر نے میری غزلیں شائع کرنے کی ہمّت نہ کی۔ شاید سارے مدیران گرامی احساسِ کمتری کے شکار تھے۔ اُنھیں اپنا رسالہ یا اخبار میری غزلوں کے معیار کا نہ لگا۔ جیسے میرے جیسا بستی میں رہنے والا غریب آدمی اگر غلطی سے کوٹ پینٹ اور ٹائی خرید بھی لے تو سوٹ پہن کر اور ٹائی لگا کر محلّے میں نکلتے ہوئے شرم آتی ہے۔

میں اُن مدیرانِ گرامی کی مجبوری سمجھ سکتا تھا۔ بلکہ مجھے اُن سے ہمدردی بھی تھی۔ لیکن اپنے معیاری کلام سے عوام النّاس کو محروم رکھنا مجھے اچھّا نہیں لگ رہا تھا۔ آپ تو جانتے ہی ہیں کہ میں بے حد اعلیٰ درجے کی شاعری کرتا ہوں جس کا اعتراف میرے دشمنان بلکہ رقیبان تک کرتے ہیں۔ ویسے آپ کی بات بھی درست ہے کہ آپ نے آج تک کسی شاعر یا ناقد کو میری شاعرانہ عظمت کا اعتراف کرتے نہیں سُنا۔ لیکن اس کا یہ مطلب نہیں کہ وہ لوگ میری شاعرانہ صلاحیتوں کا اعتراف نہیں کرتے۔ دراصل اُن کی خاموشی کا ایک ہی سبب ہے اور وہ یہ ہے کہ میرے دشمن حسد کے مارے میری شاعرانہ عظمت کا اعتراف نہیں کرتے جب کہ مجھے معلوم ہے کہ وہ لوگ دل ہی دل میں مجھے اکیسویں صدی کا مرزا غالب سمجھتے ہیں۔

خیر، خاک ڈالئے مخالفین پر۔ میرے ہمدردوں اور مدّاحوں کی تعداد بھی کچھ کم تھوڑی نا ہے! ماشاءاللہ میرے محلّے کے بہت سے ادب نواز آج بھی صرف میری اعلیٰ پائے کی شاعری سُننے کے لالچ میں ہر شام جمّن بھائی کے چائے خانے پر جمع ہوجاتے ہیں۔ ویسے اُنہیں تو میری شاعری سُننے کے علاوہ کوئی اور لالچ نہیں ہے۔ لیکن اُن کی ادب نوازی دیکھتے ہوئے میں ہی زبردستی اُن کی چائے اور آلو چاپ، سموسے، کباب پراٹھے وغیرہ کا بل ادا کر دیتا ہوں۔ سچ پوچھئے تو جمّن بھائی کا چائے خانہ کولکاتا کے مرحوم "ڈائمنڈ ہوٹل" کا پُنر جنم ہے جہاں کالا چاند، ڈوما بھائی، لڈّن بھائی، پھیکو بھائی، کلّو بھائی، کان کٹّا راجو، لوہا شکیل، کانا سینڈو اور اُن جیسے بہت سے ادب نواز و شعر شناس، ناقدینِ فکر و فن میرے اشعار پر داد دے دے کر اردو شعر و ادب کی بے لوث خدمت انجام دیتے ہیں۔ ویسے تو یہ سبھی بڑے قابل لوگ ہیں لیکن لڈّن بھائی تو ماشاءاللہ چائے خانے کا اردو اخبار تک پڑھ لیتے ہیں۔ ایک دن کہنے لگے "مبارک بھائی، آپ اپنا گجل اکھبار میں کاہے نہیں چھپواتے ہیں؟"

میں نے اصلیت چھپاتے ہوئے کہا: ”بھائی میں شہرت کا بھوکا نہیں ہوں۔ اپنی تسکین کے لئے شعر کہتا ہوں۔“

”ہاں ہاں، تسکین بھابھی کو بھی سنائیے۔ ہم کب منع کرتے ہیں۔ لیکن اکھبار میں چھپنے سے آپ کا پبلک سیٹی ہو گا۔“

” بھائی! تسکین آپ کی بھابھی نہیں ہے۔ وہ تو........“

”اچھا اچھا! سمجھ گئے۔ گرل پھرینڈ ہے۔“

”نہیں بھائی، آپ غلط سمجھ رہے ہیں۔ میر امطلب تھا کہ میں اپنے دل کی......“

”ہاں ہاں، سمجھ گئے۔ دل کی رانی، ماسوکا“

”یار سمجھا کیجئے۔ میری کوئی معشوقہ وعشوقہ نہیں ہے۔ میں تو بس......“

”اجی چھوڑیئے نا! ہم کیا کسی کو بولنے تھوڑی ناجا رہے ہیں۔ آج کل تو یہ سب چیز عام ہے۔ اور ساعر لوگ کا گرل پھرینڈ نہیں ہو گا تو کیا ہم لوگ کا ہو گا۔“

اب تو مجھے خود اپنا کیر کٹر مشکوک بلکہ مخدوش نظر آنے لگا۔ لہٰذا للڈن بھائی کی غلط فہمی دور کرنے کی کوشش کرنے کے بجائے اُن سے پنڈ چھُڑانا ہی بہتر سمجھا اور مجبوراً سچ بول دیا، ”بھائی، میں نے اپنی کئی غزلیں اخبار والوں کو بھیجیں لیکن وہ شائع ہی نہیں کرتے۔“

”اوہ! یہ بات ہے ؟“ للڈن بھائی نے تشویش ناک لہجے میں کہا۔ "تو آپ ایسا کیجئے کہ اپنا ساعری پھیس بُک پر ڈال دیجئے۔ آجکل اُدھر بھی بہت سیر ساعری ہوتا ہے۔“

”للڈن بھائی، میں نے بہت سی غزلیں ڈالی ہیں فیس بُک پر لیکن دو چار دوستوں کے علاوہ کوئی داد ہی نہیں دیتا۔“ میں نے تقریباً روتے ہوئے جواب دیا۔

”ارے! آپ نے پھیس بُک پر گجل ڈالا ہے ؟“ للڈن بھائی سراپا حیرت بن گئے۔ ”کون سا نام سے ڈالے ہیں ؟“

”کون سے نام سے ڈالوں گا؟ اپنے ہی نام سے ڈالی ہیں۔ پورا نام لکھا ہے۔ مبارک علی مبارکی۔“ میں نے غصّے سے کہا۔

یہ سُنتے ہی للڈن بھائی پر تو جیسے ہنسی کا دورہ ہی پڑ گیا۔ ہنستے ہنستے لوٹ پوٹ ہوئے جا رہے تھے۔ اور میں ہونّقوں کی طرح اُنکا مُنہ تک رہا تھا۔

آخر کار اُن کی ہنسی میں کچھ کمی آئی تو بولے ”واقعی آپ بہت سیدھے ہیں۔ کان اِدھر لائیے۔ ہم بتاتے ہیں داد لینے کا طریقہ۔“

لڈّن بھائی نے سرگوشیانہ انداز میں کچھ مشورہ عنایت فرمایا۔ اور اسی رات ایک بالکل نئی شاعرہ مرمریں ترنّم کا ایک شعر فیس بُک پر نظر آیا۔

پھــــر گلی میں گول گپّے لے کر آیا ہے کوئی
مُنہ میں پھر پانی مِرے آنے لگا ہے دوســـتو

شعر کی پوسٹگی کے ایک گھنٹے کے اندر پچپن ادب نواز حضرات شاعرہ کو انگوٹھادِ کھا کر اپنی پسندیدگی کا اظہار کر چکے تھے۔ سرسٹھ لوگوں نے اپنا دل نکال کر رکھ دیا تھا۔ بائیس لوگ پتہ نہیں کیوں شاعرہ کے غم میں شریک ہو کر آنسو بہار ہے تھے، اور نیچے کمنٹس میں داد کی بھرمار ہو رہی تھی۔

'کمال کر دیا۔ کیا غضب کا شعر کہا۔'

'گول گپّے کے استعارے کا جواب نہیں۔'

'بالکل نیا خیال پیش کیا ہے۔'

'واہ! لاجواب!! آپ نے صنفِ نازک کے درد کو دو مصرعوں میں بیان کر دیا۔'

'مرمریں ترنّم! جب نام ہی اتنا خوبصورت ہے تو شعر خوبصورت کیسے نہ ہوتا۔'

'لگتا ہی نہیں کہ یہ کسی کمسِن شاعرہ کا شعر ہے۔ ابھی سے اِتنی پختگی! ماشاءاللہ!! آپ بہت آگے جائیں گی۔'

'آپ نے عورت ذات کی محرومی کا بے حد عمدہ نقشہ کھینچا ہے۔ یہ شعر اِس بے حِس سماج کو جھنجھوڑ کے رکھ دے گا۔'

'آپ ہندوستان کی پروین شاکر ہیں۔'

شعر کو منظرِ عام پر آئے ہوئے تین دن اور چار راتیں گزر چکی ہیں۔ لیکن کمنٹس کا سلسلہ بُلیٹ ٹرین کی رفتار سے جاری و ساری ہے۔

اور تو اور کچھ معزّز قسم کے بزرگ حضرات اِن باکس میں آ کر نہ صرف شاعرہ کی عزّت افزائی و حوصلہ افزائی کر رہے ہیں بلکہ شرفِ ملاقات بخشنے کی اپلی کیشنس بھی ڈال رہے ہیں۔ حتیٰ کہ دو تین اہلِ خیر حضرات نے تو شاعرہ کا مجموعہ کلام شائع کروانے کی پیشکش بھی کر دی ہے۔

یہ سب دیکھ کر مجھے بے حد خوشی ہو رہی ہے۔ اشعارِ مبارک کو داد نہیں ملی تو کیا ہوا کلام مرمریں کو تو مِل گئی نا!

ویسے بھی شیکسپیئر نے کہا تھا:

آخر نام میں کیا رکھا ہے! (What's there in the name!)

طنز و مزاح

بلا عنوان

ڈاکٹر سنجر ہلال بھارتی

تمھارا نام؟

گدھا!

باپ کا نام؟

گدھا!!

دادا کا نام؟؟

گدھا!!!

تعجب ہے، سب کے سب گدھے؟!

آپ کو کوا اعتراض ہے کیا؟

ہاں!

کیوں؟

اس لیے کہ تمھاری زندگی گدھے سے شروع ہوتی ہے اور گدھے پر ختم۔

میری بات سنو گے؟

جی فرمایئے!

آدمی بنو گے؟

استغفر اللہ!

ایسا کیوں؟

الرجی ہے اس نام سے۔

ایک بات عرض کروں؟

ارشاد فرمایئے!

میری طرف دیکھو۔

دیکھا نہیں جاتا۔

ایک بار تو دیکھو؟

شرم آتی ہے!

کیوں؟

آپ آدمی ہیں نا؟

تم بڑے لفاظ ہو!

میں لیڈر نہیں!

جھوٹ مت بولو!!

میں منسٹر نہیں۔

تمھارے قول و فعل میں تضاد ہے!

جی، میں شاعر نہیں!!

آخر تم آدمی بنا کیوں پسند نہیں کرتے؟

رسوا ہو جاؤں گا اپنی برادری میں!

مطلب؟

دعا مانگی ہے خدا سے میری برادری نے۔

کیسی دعا؟؟

یہی کہ پروردگار تو نے ہمیں گدھے میں جنم دیا ہے تو دم مرگ بھی گدھا ہی رکھنا!!

ایسا کیوں؟

تا کہ "باپ" کہہ سکے ضرورت پر ہمیں آدمی!

باپ کہلانے میں لذت ملتی ہے کیا؟

بے شک!

آخر کیوں؟

ایک اعزاز ہے میرے لیے قدرت کا یہ!

کیا بکتے ہو؟!

جی، سچ کہتا ہوں۔ یہی اعزاز تو دنیا کی دیگر مخلوقات میں مجھے منفرد بناتا ہے۔

تم کفر بکتے ہو!

خدا لگتی کہتا ہوں۔

کوئی دلیل؟

ہاں ہے!

مثلاً؟؟

یہی کہ زندگی کے ہر شعبے میں میری برادری کا کوئی نہ کوئی فرد آپ کے ساتھ رہتا ہے۔ سیاسی اکھاڑوں میں، سماجی میدانوں میں، تعلیمی و ادبی اداروں میں، دانشوروں میں، محفل سخن وراں میں، لسانی اکیڈمیوں میں اور سرکاری دفتروں میں، پرائیویٹ آفسوں میں، اسمبلی ہاؤسوں میں، پارلیا منٹوں میں، اقوام متحدہ کے ایوانوں میں۔۔۔ یہاں تک کہ ہر گھر میں میری برادری کی نمائندگی لازمی ہے۔

کیوں، ہے نا؟؟

آپ خاموش کیوں ہیں؟

حضور ناراض ہو گئے کیا!؟

ہی، ہی، ہی، ہی!!

مزاحیہ غزل

احمد کمال حشمی

دکھائی دیتا ہے جیسا وہ ویسا ہے؟ نہیں ہے نا
ترا شوہر ترے بچوں کا ابّا ہے؟ نہیں ہے نا

وہ میرے سالے کے سالے کے سالے کا بھی سالا ہے
سمجھ میں تیری آنے والا رشتا ہے؟ نہیں ہے نا

کنواری ایک لڑکی سے کہا میریڈ وومن نے
تمہارے گھر میں "قربانی کا بکرا" ہے؟ نہیں ہے نا

میں جب غصے سے چیخا تو یہ بول اٹّھیں مری بیگم
وہ بادل جو گرجتا ہے برستا ہے؟ نہیں ہے نا

دبانا پاؤں بیگم کے ہر اک شوہر کی قسمت ہے
کرے انکار اس سے، کوئی ایسا ہے؟ نہیں ہے نا

جناب شیخ آنکھوں پر سیہ چشمہ لگا کر ہیں
نظارہ حسن کا کرنے میں خطرا ہے؟ نہیں ہے نا

حسیں بیوہ کے دیور تو پچاسوں ہیں محلّے میں
پر اس کا کوئی بھائی ہے؟ بھتیجا ہے؟ نہیں ہے نا

توقع دوست سے تم کیوں وفاداری کی رکھتے ہو؟
کمالؔ انسان ہو تو کیا وہ کتّا ہے؟ نہیں ہے نا

انشائیہ

وہاٹ این ایپ!

(What an App!)

ارشد جمال حشمی

یوں تو پہیے کی ایجاد کے بعد انٹرنیٹ کی ایجاد نوع انسانی کی سب سے بڑی ایجاد مانی جاتی ہے۔ لیکن واٹس ایپ کی ایجاد نے بنی نوع آدم میں، اور خاص طور سے ہندوستانیوں میں، اور خاص الخاص ہندوستانی مسلمانوں میں ایک عظیم روحانی، اخلاقی اور علمی انقلاب برپا کر دیا ہے۔ آیئے اس کے بے شمار افادیات میں سے کچھ انتہائی اہمیت کے حامل فوائد سے ہم آپ کو واقف کراتے ہیں۔

واٹس ایپ نے اسلامی اصولوں کو ہر خاص و عام تک پہنچانے میں بڑا اہم رول ادا کیا ہے۔ مثال کے طور پر ہم سب جانتے ہیں کہ ایک مسلمان کا دوسرے مسلمان کو سلام کرنا کتنے ثواب کا کام ہے۔ واٹس ایپ کی آمد سے پہلے یہ ثواب کمانے کے مواقع بہت کم تھے لیکن اب ہم واٹس ایپ کے ذریعے روزانہ آسانی سے سینکڑوں لوگوں تک سلام پہنچا کر جھولی بھر بھر کے ثواب کماتے ہیں۔ ہلدی لگے نہ پھٹکری رنگ چوکھا آئے۔ بس صبح اٹھے اور ایک مختلف رنگوں سے سجا سجایا تصویری سلام مختلف گروپوں میں فارورڈ کر دیا۔ یوں تو سیدھے سادے سلام میں ہی ثواب کم نہیں لیکن سجے سجائے دیدہ زیب سلام سے ثواب ظاہر ہے کئ گنا زیادہ بڑھ جاتا ہے۔

واٹس ایپ کی وجہ سے اقوال وحکایات کے ذخائر میں بھی زبردست اضافہ ہوا ہے۔ مختلف نوع کے بزرگان دین و دنیا کے ایسے ایسے اقوال جو انھوں نے کہے بھی نہیں ہمیں واٹس ایپ پر پڑھنے کو مل جاتے ہیں جس سے ہمارے علم وایمان میں دن چوگنی رات سوگنی ترقی ہو رہی ہے۔

اس سے اردو ادب کا بھی زبردست فائدہ ہوا ہے۔ واٹس ایپ کی ایجاد کے بعد غالب واقبال کا ایسا ایسا نادر ونایاب کلام ہمارے سامنے آیا ہے جو پہلے کہیں دستیاب نہ تھا۔ حیرت ہوتی ہے کہ انہوں نے (بالخصوص

علامہ اقبال نے) اتنا ڈھیر سارا کلام آخر کہاں چھپا کر رکھا تھا۔ ان دریافتوں کے بعد علم عروض میں بھی تحقیق کے نئے نئے باب کھل گئے ہیں۔ ان نو دریافتہ کلام کا تقریباً ننانوے فیصد حصہ ایسی بحروں پر مشتمل ہے جس سے اردو تو کیا فارسی اور عربی والے بھی آج تک لاعلم ہیں۔ ہمارے بعض احباب کا کہنا ہے کہ ان اشعار کی تقطیع کرنے میں ناکامی کے صدمے کی تاب نہ لا کر تمام پرانے اساتذۂ عروض ایک ایک کر کے اٹھتے جا رہے ہیں۔ بہر حال ہم نا امید نہیں ہیں۔ امید ہے کہ واٹس اپ پر ہی کوئی بندہ ضرور سامنے آئے گا جو ان بحروں کو دریافت کر کے ہماری شاعری کے میدان کو وسیع کرے گا۔

پرانے زمانے میں کوئی بچہ یا شخص گم ہو جاتا تھا تو تلاش کی تمام تدابیر اختیار کرنے کے باوجود بازیافت کا امکان اتنا موہوم ہوتا تھا کہ لوگ یہ سوچ کر صبر کر لیا کرتے تھے کہ ع

اب کے بچھڑے ہوئے شاید کبھی خوابوں میں ملیں

جب ہندوستان میں فلمیں بننے لگیں تو گمشدہ بچوں کی جوان ہونے کے بعد اپنے بھائی یا بوڑھی ماں سے ملاقات ہو جاتی تھی وہ بھی کافی خون خرابے کے بعد۔ لیکن واٹس ایپ کے زمانے میں گمشدہ بچے یا شخص کی تصویر واٹس ایپ پر ڈالتے ہی سارے ملک میں بلکہ ساری دنیا میں وائرل ہو جاتا ہے۔ یہ ثواب جاریہ کا سب سے آسان اور سستا طریقہ ہے۔ ہاں کبھی کبھی یہ ثواب جاریہ کا عمل کسی کے لئے رحمت کے ساتھ ساتھ زحمت بھی بن جاتا ہے۔ جیسا کہ جمراتی میاں کے ساتھ ہوا۔ ایک بار وہ بچپن میں گم ہو گئے۔ مقامی تھانے میں رپورٹ درج کروائی گئی مگر لاحاصل۔ کسی خیر خواہ نے جمراتی میاں کی تصویر، پتہ اور مقامی تھانے کا نام واٹس ایپ پر ڈال دیا۔ اب خدا جانے واٹس ایپ کا کمال تھا یا پولس کی محنت رنگ لائی پولس ان کی بازیافت میں کامیاب ہو گئی۔ لیکن اس کے بعد جمراتی میاں کا کہیں نکلنا دوبھر ہو گیا۔ کوئی نہ کوئی ان کو پکڑ کر یا تو تھانے میں جمع کرا دیتا یا گھر لے آتا۔ کوئی ان کو اسکول جاتے ہوئے ہوئے پکڑ لیتا تو کوئی کھیلتے ہوئے۔ کیوں کہ دلِ دردمند رکھنے والے ہزاروں لوگ ثواب جاریہ کی نیت سے مسلسل کئی برسوں سے اس میسیج کو فارورڈ کئے جا رہے ہیں۔ خیر تھک ہار کر ان کا گھر سے نکلنا ہی بند کر دیا گیا۔ آخر میں جمراتی میاں گھر سے تب نکلے جب ان کی مونچھیں نکلیں۔

کچھ اسی طرح کا حادثہ خیراتی میاں کے ساتھ بھی ہوا۔ جب خیراتی میاں کے گردے خراب ہوئے اور وہ زندگی سے مایوس ہو چلے تھے تو اچانک ایک دن انہوں نے واٹس ایپ پر ایک میسیج دیکھا کہ آج ہی کسی شخص کا ایکسیڈنٹ میں انتقال ہو گیا ہے اور وہ اپنے گردے عطیہ کرنے کی وصیت کر گیا ہے۔ انہوں نے فوراً دیئے ہوئے نمبر پر فون لگایا۔ دوسری طرف سے رونے کی آواز سن کر خیراتی میاں نے مخاطب کو ڈھیر سارا دلاسہ دیا پھر مطلب کی بات کی۔ مخاطب نے روتے ہوئے کہا کہ میں پاپا کے انتقال کی وجہ سے نہیں رو رہا ہوں کیوں کہ ان کے انتقال کو تو سات سال گزر گئے ہیں۔ میں تو اس لئے رو رہا ہوں کہ ان سات سالوں میں آپ کو لے کر کل نو سو

بانوے لوگوں نے کال کئے ہیں جن میں سے میں نو سو نوے لوگوں کی مدد نہیں کر سکا کیوں کہ میرے پاپا کے صرف دو ہی گردے تھے!

واٹس ایپ کی وجہ سے ہمیں وہ خبریں بھی مل جاتی ہیں جو پرنٹ اور الیکٹرانک میڈیا ہم سے چھپا لیتا ہے۔ مثلاً جب یونیسکو نے ہمارے قومی ترانے کو دنیا کا بہترین قومی ترانہ قرار دیا تو انتہائی غداری کا مظاہرہ کرتے ہوئے ملک کے تمام اخبارات اور ٹی وی چینلوں نے اس خبر کو دبا دیا۔ وہ تو خیر ہو واٹس ایپ کا جس نے اس خبر کو ہم تک پہنچایا اور ہمیں فخر سے سینہ پھُلانے کا موقع فراہم کیا۔ اسی طرح وقتاً فوقتاً رات کے ساڑھے بارہ بجے سے ساڑھے تین بجے کے درمیان کرۂ ارض کے قریب سے نہایت خطرناک کاسمک شعاعیں گزرتی ہیں۔ ہمیشہ دردمندانِ واٹس ایپ ہی بی بی سی اور سنگاپور ٹیلیویژن پر یہ خبر دیکھ کر ہمیں آگاہ کرتے ہیں ورنہ ہم لوگ تو یہ خبر ٹی وی پر دیکھنے سے ہمیشہ چوک جاتے ہیں۔ خیر، اس خبر سے ہمیں دہرا فائدہ ہوتا ہے۔ ہمارے موبائل کاسمک شعاعوں کی تباہ کاری سے بچ جاتے ہیں اور ہماری نیند موبائل کی تباہ کاری سے۔

ایک خبر یہ بھی آئی تھی کہ مارک زکربگ نے واٹس ایپ کے استعمال کی قیمت مقرر کر دی ہے اور واٹس ایپ کو اب صرف وہی مفت میں استعمال کر سکتا ہے جو اس میسیج کو سو لوگوں کو فارورڈ کرے۔ جو ہوشیار لوگ تھے انہوں نے فوراً اس میسیج کو سو، دو سو بلکہ چار سو لوگوں کو فارورڈ کر دیا اور آج تک واٹس ایپ مفت میں استعمال کر رہے ہیں۔ جو نادان تھے انہوں نے فارورڈ نہیں کیا اور نتیجے کے طور پر وہ بھی آج تک واٹس ایپ مفت میں استعمال کر رہے ہیں۔ کل کی خبر نہیں معلوم۔ ویسے بھی کل کس نے دیکھا ہے۔

ہمارا تو عقیدہ ہے کہ نیکی کرنے میں جلدی کرنی چاہیئے اس لئے جب ہم کوئی اہم میسیج دیکھتے ہیں تو فوراً فارورڈ کر دیتے ہیں۔ بخدا ہم میسیج کو پورا پڑھنے کی حماقت نہیں کرتے کہ مبادا کوئی ہم سے پہلے فارورڈ کر کے نیک نامی اور ثواب ہم سے زیادہ نہ حاصل کر لے۔ یہ ہم اگلے شخص پر چھوڑ دیتے ہیں کہ وہ پڑھ کر دیکھے کہ میسیج اہم ہے کہ نہیں۔ ہمارے لئے تو نیک نامی اور ثواب زیادہ اہم ہیں۔

واٹس ایپ کی تازہ خبر یہ ہے کہ میسیج سب سے زیادہ فارورڈ کرنے کی وجہ سے یونیسکو نے ہماری قوم کو دنیا کی سب سے فارورڈ قوم قرار دیا ہے۔ اور چونکہ ہم بغیر پڑھے ہی میسیج فارورڈ کرتے ہیں اس لئے ہم فخر سے خود کو "ان پڑھ فارورڈ قوم" کہہ سکتے ہیں۔

(نوٹ: شیطان آپ کو یہ تحریر فارورڈ کرنے سے روکے گا لیکن اگر آپ اسے ستر لوگوں کو فارورڈ کریں گے تو اللہ تعالیٰ جنت میں آپ کے نام پر ستر لاکھ بیگھہ کا پلاٹ رجسٹری کرا دے گا۔ ان شاء اللہ)

شیر محمد بکری

انشائیہ

قیوم بدر

شاعری شروع کرنے سے قبل شعراء کے لیے ایک عدد تخلص ناگزیر ہے۔ کچھ کے لیے ایک تخلص ناکافی ہوتا ہے چنانچہ بہ یک وقت دو دو تخلص کا بار لیے پھرتے ہیں، مثلاً یاسؔ یگانہ چنگیزی۔ خیر، "یگانہ" کا تو جواز ہے کہ شاعری میں تعلّی روا ہے لیکن "یاس" کا بھلا چنگیزؔ سے کیا نسبت؟ حد تو یہ ہے کہ شعراء میں، میں نے بزدلؔ چنگیزی کو بھی دیکھا ہے۔ کچھ منفرد تخلص کے زعم میں وحشیؔ، وحشتؔ، سوداؔ، بیدلؔ حتیٰ کہ پاگلؔ کہلانے میں بھی عار محسوس نہیں کرتے۔

ہمارے پڑوس میں ایک پاگلؔ صاحب تھے۔ ایک دن ان کے کچھ شاعر دوست ملنے کی خاطر آئے۔ دروازے پر ہانک لگائی---- "پاگل صاحب ہیں؟"

ان کے والد نے گھر سے نکل کر کہا— "پاگل کا بھلا گھر سے کیا تعلق؟ کسی جنگل، کسی ویرانے میں تلاش کیجیے۔"

جب میں نے ادب میں نیا نیا قدم رکھا تو اپنا تخلص "ناشاد" تجویز کیا گو میرا ارادہ شاعری کرنے کا نہیں تھا بلکہ یہ شاعروں کی صحبت کا اثر تھا۔ ان ہی دنوں میرے ایک بہی خواہ حضرت عبد الواہاب محسنؔی مرحوم نے مجھے مشفقانہ مشورہ دیا کہ قیوم صاحب، نام ہو یا تخلص، اچھا رکھنا چاہئے کہ شخصیت پر نام کا اثر بھی ہوتا ہے۔ چنانچہ میں ناشادؔ سے بدرؔ ہو گیا۔

کچھ لوگ اپنے نام کے ساتھ کنیت بھی جوڑ لیتے ہیں۔ ایک صاحب شیرؔ محمد بکری ملے۔ میں نے پوچھا کہ بھئی، آپ تو "شیر" ہیں، آپ کا بھلا "بکری" سے کیا تعلق؟ جب کہ شیر اور بکری اپنی صفات کے معاملے میں ایک دوسرے کی ضد ہیں— "شیر اور بکری" کا ایک گھاٹ پر پانی پینا محاورے کی حد تک تو صحیح ہے لیکن حقیقت میں ایسا ممکن نہیں۔ مشہور مزاح نگار مشتاق احمد یوسفیؔ نے یہ کہہ کر شیر اور بکری کی اصلیت بتا دی کہ "جب شیر اور بکری ایک گھاٹ پانی پیتے ہوں تو سمجھ لیجیے کہ شیر کی نیّت اور بکری کی عقل میں فتور ہے۔"

تو آپ نے شیر اور بکری کو ایک گھاٹ پر کیسے لا دیا؟

کہنے لگے اصل میں "شیر محمد" میرا خاندانی نام ہے اور بکری کنیت۔

شیر کی کنیت بکری!——میں نے اپنی حیرت کا اظہار کیا۔

انہوں نے یہ کہہ کر میری علمیت میں اضافہ کیا کہ معاملہ شیر اور بکری کا نہیں بلکہ میرے والد کا نام "بکرؔ" ہے لہٰذا میں شیر محمد بکری ہو گیا۔

مشہور مزاح نگار ابنِ انشاؔ کا اصل نام شیر محمد ہی تھا۔ انہوں نے ایک جگہ لکھا ہے کہ چوں کہ میرا نام ایک درندہ صفت جانور سے ہے چنانچہ اس نام سے دست بردار ہو کر ابنِ انشاؔ لکھنے لگا۔

تیس بتیس برس قبل میرے ایک دوست احسانؔ خان نے محلّے میں ایک ہوٹل کھولا۔ ہوٹل چل گیا۔ ماہ دو ماہ بعد جب بھیڑ کم ہونے لگی تو احسانؔ کی تشویش بڑھی۔ اس دوران ایک شناسا آئے اور پاس ہی کی نشست پر بیٹھ کر کھانے کا آرڈر دیا۔

احسانؔ نے کہا: "واش بیسن پاس ہی ہے، ہاتھ منہ دھو لیجیے۔"

کہنے لگے ہاتھ منہ دھو کر آیا ہوں۔ کھانے کے بعد رومال سے ہاتھ منہ پونچھ کر کاؤنٹر پر پہنچ گئے اور بِل (Bill) ادا کر کے چلتے بنے۔ دوسرے تیسرے گاہک کا بھی یہی حال رہا۔ احسانؔ نے متوشش لہجے میں پوچھا——بھئی جو بھی آتا ہے بغیر ہاتھ منہ دھوئے کھا کر بل ادا کر کے چلا جاتا ہے——آخر بات کیا ہے؟

انہوں نے کہا کہ بات دراصل یہ ہے کہ آدمی اپنی کمزوری کسی پر ظاہر کرنا نہیں چاہتا۔ واش بیسن کے اوپر آپ نے آئینہ لگا دیا ہے اور جیسا کہ عام خیال ہے کہ آئینہ جھوٹ نہیں بولتا چنانچہ آئینہ کے سامنے جاتے ہی ہماری اصلیت ظاہر ہو جاتی ہے کہ آئینہ صاف کہہ دیتا ہے کہ "احسان فراموش"۔

احسانؔ نے کہا کہ بھئی بات کچھ بھی نہیں۔ بات دراصل یہ ہے کہ ہمارے یہاں شاعری کا چرچا کچھ زیادہ ہی ہے۔ اس سے زیادہ تخلص رکھنا عام بات ہے۔ چوں کہ میرا نام احسانؔ خان ہے لہٰذا میں بھی ایک عدد تخلص بطور "فراموش" رکھ لیا ہے اور احسانؔ خان کی بجائے احسان فراموشؔ لکھنے لگا ہوں۔ اس ضمن میں کسی کی دل شکنی میرا منشاہ نہیں۔ بہر کیف! اگر آپ کو اعتراض ہے تو ابھی واش بیسن سے آئینہ ہٹا دیتا ہوں۔ اور انہوں نے واش بیسن سے آئینہ ہٹا دیا۔ اس کے بعد ہوٹل کی رونق لوٹ آئی۔

شعراء میں نام کے ساتھ محلّہ، علاقہ، گاؤں کا نام بھی جوڑنے کا چلن عام ہے۔ مثلاً اکبرؔ الہٰ آبادی، فراقؔ گورکھپوری، وحشت کلکتوی وغیرہ۔ مٹّی سے پیار فطری ہے چنانچہ گاؤں علاقے کو اپنا نام یا تخلص کا حصّہ بنانے میں مضائقہ نہیں۔ اس سے یقیناً گاؤں علاقے کی توقیر بڑھ جاتی ہے۔ مثلاً کلکتے کو "شہرِ نشاط" کہا گیا ہے۔ کلکتے کی نسبت سے مستؔ، سرورؔ، منوّرؔ، دلشادؔ تو شہرِ نشاط کی شان میں اضافے کا باعث ہے۔ چنانچہ یہاں "وحشت" کی کہاں گنجائش؟ تاہم مشہور شاعر علامہ رضاؔ علی نے اپنے تخلص کے حوالے سے خواہ مخواہ کلکتے سے متعلق منفی تاثر دینے کی کوشش کی۔ "شہرِ نشاط" کو بھلا "وحشت" سے کیا علاقہ؟ اس ضمن میں، میں نے رہبرؔ بھٹکلی کو بھی

دیکھا ہے۔ ظاہر ہے رہبؔر صاحب کا تعلق بھٹکل سے رہا ہو لیکن جب خود کو "رہبر" کہتے ہیں تو بھٹکنے کی کیا ضرورت؟ انہیں تو اس حقیقت کا ادراک ہونا چاہئے کہ جو بھٹک گیا وہ "رہبر" ہو ہی نہیں سکتا۔

ان دنوں ادب میں اپنے نام کی توقیر بڑھانے کی خاطر عہدہ، سند اور لقب لکھنے کا چلن بھی عام ہو رہا ہے۔ پروفیسر، ڈاکٹر، صدر شعبۂ اردو لکھنا تو عام بات ہے۔ اب تو لوگ انجینئر بھی لکھنے لگے ہیں۔

کچھ دن قبل میرے دل میں خیال آیا کہ ادب میں پہچان کی خاطر لاحقہ بھی ہونا چاہئے۔ میں اپنے نام کے ساتھ 'ڈاکٹر' لکھنے لگا۔ میرے دوست کو اعتراض ہوا: "یار، تم ڈاکٹر کب سے ہوگئے؟"

میں نے کہا دنیا جانتی ہے کہ میں برسوں سے ایک ڈاکٹر کا معاون رہا ہوں۔ چنانچہ کبھی کبھی ڈاکٹری بھی کرنا پڑتی ہے۔ ممکن ہے میرے نسخے سے مرض میں افاقہ نہ ہو لیکن ڈاکٹر تو ہوں۔ کہنے لگے میڈیکل ڈاکٹر کا ادب میں ڈاکٹر لکھنا مناسب نہیں۔

حالانکہ میں نے کئی ڈاکٹروں کے نام گنوائے جو میڈیکل ڈاکٹر ہیں اور ادب میں بھی ڈاکٹر لکھتے ہیں۔ لیکن وہ اپنی بات پر اڑے رہے۔ آخر میں مجھے اپنے نام سے "ڈاکٹر" نکال دینا پڑا۔ بعد میں جب ادب کے ڈاکٹروں کا معائنہ کیا تو اس حقیقت کا انکشاف ہوا کہ جب سے ادب میں ڈاکٹروں کی بہتات ہوئی ہے ادب کچھ زیادہ ہی بیمار نظر آنے لگا ہے۔

بہر کیف! ہیرے کو ملمعے کی ضرورت نہیں ہوتی۔ یہ خیال ذہن میں آتے ہی میں مطمئن ہو گیا۔

بخت گزیدہ

اشرف احمد جعفری

آتا ہے یاد اپنی بد قسمتی کا لکھا
جب اُس کو قرض دے کر خود اپنا ہاتھ کاٹا

کہہ تو رہا تھا وعدہ بالکل وفا کروں گا
اور دوستی کا اپنی، ہر دم ہی دم بھروں گا

لیکن کہاں کا وعدہ، اور کیسی وہ رفاقت
برآب نقش قسمیں، در دست ریگ الفت

اب فکر بس یہی ہے، بیگم نہ جان پائیں
سر تو سدا سے حاضر، لیکن نہ جان کھائیں

سچ بات ہے کہ فطرت ہرگز نہیں بدلتی
احباب ہوں یا بیگم، اپنی نہیں ہے چلتی

چڑنے کی بھی حد ہوتی ہے!

انشائیہ

ایم۔ سعید اعظمی

شاید کبھی آپ کا بھی سابقہ ایسے لوگوں سے پڑا ہو جنہیں کسی خاص لفظ سے اس قدر چڑ ہوتی ہے کہ اگر انجانے میں بھی اُن کے سامنے آپ کی زباں پر وہ لفظ آ جائے تو وہ آگ بگولہ ہو جاتے ہیں اور پھر ایسے ایسے مغلظات سے آپ کو نوازتے ہیں کہ آپ ہکّابکّارہ جاتے ہیں۔ ویسے ان الفاظ میں کچھ تو ایسے ہوتے ہیں جنہیں سُن کر مخاطب کا بھڑک اُٹھنا بجا بھی ہوتا ہے۔ جیسے ایک اچھے خاصے خوش لباس بڑے میاں کو جو بڑھاپے کی ساری نشانیاں مٹا کر سینہ تانے چلے آ رہے ہیں، کوئی شریر لڑکا پیچھے سے "اے بڈّھے" کہہ کر پکارے تو بڑے میاں کا بھڑک اُٹھنا بجا نہیں ہوگا؟ یا کوئی بڑی بی بازار سے آلو، پیاز، سبزی، ترکاری وغیرہ خرید کر جھولا لٹکائے جھکی جھکی چلی آ رہی ہوں اور اگر کوئی ناہنجار ان کے کان کے پاس آ کر "آلو چور" کہتے تو بڑی بی اس کی سات پشتوں کو گالیوں اور کوسنوں سے کیوں نہیں نوازیں گی؟ لیکن کچھ لوگ تو چچا، ماموں اور خالو جیسے عزت افزا الفاظ سے بھی بھڑک اُٹھتے ہیں۔

ویسے بچپن میں ہم پر بھی کچھ دنوں تک یہ خبط سوار تھا۔ بات کچھ ایسی ہے کہ ابھی ہم چھ سات برس کے ہی تھے کہ ہمارے بڑے ابّو کی بڑی بیٹی کی شادی ہوگئی، اور بیس بائیس برس کے گبرو ہمارے دولہا بھائی بن

گئے۔ جب وہ سسرال آتے تو بچے ان کے گرد منڈلاتے رہتے کیوں کہ وہ سب کو چاکلیٹ وغیرہ سے نوازتے رہتے تھے۔ لیکن ہم چوں کہ بچپن سے ذرا خوددار قسم کے واقع ہوئے ہیں، اس لیے ذرا دور دور ہی رہتے۔ ایسے میں شاید ان کی اَنا کو ٹھیس پہنچتی اور بڑے پیار سے پکارتے: "کیوں سالے صاحب، آپ کیوں دور دور ہیں؟ آیئے اپنے حصّے کی چاکلیٹ لے جایئے۔" اس جملے پر تو ہم کچھ زیادہ ہی جَل بھُن جاتے پر گھر والوں کے ڈر سے اندر ہی اندر بُدبُدا کر رہ جاتے: 'نہیں چاہئے آپ کی چاکلیٹ! بڑے آئے 'سالا' کہنے والے' —— بات یہ ہے کہ اُس وقت اکثر دو جھگڑنے والوں کو غصّے میں 'ابے سالے' کہتے ہوئے ایک دوسرے پر چڑھ دوڑتے دیکھا کرتے تھے۔ اس لیے ہمارے لیے یہ لفظ گالیوں کے زمرے میں آتا تھا۔

لیکن جب ہم پندرہ سولہ برس کے ہوگئے تب ہماری سمجھ میں آیا کہ سسرال میں آیا داماد تو بے چارہ سالوں کے لیے نرم چارہ ہوتا ہے۔ پھر تو ہم نے ان دولہا بھائی کی ایسی کھینچائی شروع کی کہ وہ خود ہی ہم سے پناہ مانگنے لگے۔

لفظ 'ماموں' بھی اسی قماش کا لفظ ہے۔ ہمارے محلّے کے ایک صاحب کو لفظ ماموں سے چِڑ تھی۔ بچے تو کیا جوان جہان لوگ بھی انہیں ماموں پکارتے اور وہ گالی گلوچ کے ساتھ ہاتھا پائی پر اُتارو ہو جاتے۔

خیر، سالا اور ماموں تو کچھ حد تک چڑنے کے لائق الفاظ ہیں لیکن لفظ 'خالو' سے بھی ایک صاحب کو اتنی چِڑ تھی کہ اگر کسی نوچھٹیے نے انہیں خالو کہہ کر پکار دیا، بس آپے سے باہر ہو جاتے، اور ایسی ایسی مغلظات سے نوازتے کہ الٰہی توبہ! یہ سلسلہ اس وقت تک چلتا رہا جب تک محلّے کا کوئی بزرگ ان نوچھٹیوں کو ڈانٹ ڈپٹ کر یا تھپڑ طمانچہ لگا کر نہ بھگاتا۔

آج بھی آپ کو ایسے چند لوگ مل جائیں گے جن میں ایک آدھ کا غصّہ تو اس حد تک پہنچ جاتا ہے کہ نوبت اینٹ پتھر اور نوچ کھسوٹ تک آ جاتی ہے۔ چِڑانے والوں میں کسی کا سَر پھٹتا ہے، کسی کی آنکھ پھوٹتی ہے۔ کبھی چِڑنے والا خود اپنا گریبان پھاڑ کر محلّے کے بزرگوں کی ہمدردی بٹورتا ہے۔

چِڑنے چِڑانے والا یہ عمل انفرادی بھی ہوتا ہے اور اجتماعی بھی۔ کبھی ایک خاندان کے لوگ دوسرے خاندان والوں کو، ایک محلّے والے دوسرے محلّے والوں کو، ایک برادری والے دوسری برادری والوں کو، ایک فرقے والے دوسروے فرقے والوں کو چِڑانے کے لیے کوئی نہ کوئی اصطلاح گھڑ لیتے ہیں۔ ہمارا ملک بھانت بھانت کی برادریوں اور فرقوں کی رہائش گاہ ہونے کی وجہ سے ہمارے یہاں یہ سلسلہ صدیوں سے چل رہا ہے۔ کبھی کبھی تو یہ ایسی صورت اختیار کر لیتا ہے کہ گالی گلوچ اور اینٹ پتھر کی جگہ لاٹھی، تلوار، کٹّے اور پستول چلنے لگ جاتے ہیں، اور اس وقت تک چلتے رہتے ہیں جب تک بطور بزرگ محکمہ پولس کے لوگ نہیں پہنچتے اور ڈانٹ ڈپٹ اور تھپڑ طمانچوں کی جگہ آنسو گیس اور بندوقوں کے ذریعہ معاملہ رفع دفع نہیں کراتے۔

فی الحال ایک خاص فرقے کے چند لوگوں نے دوسرے خاص فرقے کو چڑانے کے لیے ایک خاص اصطلاح ایجاد کی ہے اور دوسرے فرقے کے لوگ اس اصطلاح سے اس حد تک چڑنے لگے ہیں کہ اس کے خلاف عدالت تک کا دروازہ کھٹکھٹانے کی سوچنے لگے ہیں۔ یوں تو اس اصطلاح کو گھڑنے کے لیے دنیا کی دو معروف زبانوں کے دو بہت پاکیزہ الفاظ استعمال کیے گئے ہیں جس کا سیدھا سادہ مفہوم پیار محبت، کوشش، جدّوجہد ہے لیکن صاحب، ہم جیسے کم فہم کو ایسا لگتا ہے جیسے معاملہ ہمارے بچپن والے خالوؤں اور ماموؤں جیسا بن گیا ہے۔ لیکن ابھی تک ہماری سمجھ میں یہ بات نہیں آئی کہ جن لوگوں نے یہ اصطلاح ایجاد کی ہے ان کا مقصد دوسرے لوگوں کو چڑانا ہے یا دوسرے فرقے کے چند نوجوانوں کی طرف سے ان کے بچوں کا خالو بننے کی جرأت سے یہ لوگ خود چڑ رہے ہیں، اور محلّے کے بزرگوں کی ہمدردی بٹورنے کے لیے اپنا گریبان چاک کر رہے ہیں۔

آپ یہ کہہ سکتے ہیں کہ اس ایجاد شدہ اصطلاح کا مفہوم ماموں یا خالو کیسے ہو گیا اور اگر مان لیا جائے کہ ایسا ہی کچھ ہے تو کون سی نئی بات ہو گئی کہ وہ چڑنے لگے اور نئی اصطلاح ایجاد کر لی؟ ہمارا ملک تو اس طرح کی رشتے داریاں نبھانے کے معاملے میں ہمیشہ سے بڑا فراخ دل رہا ہے۔ صدیوں پہلے ہمارے یہاں کی ایک رانی صاحبہ نے دور دراز کے منہ بولے بھائی کو اپنی عزت کا واسطہ دے کر پکارا اور وہ ایران توران سے اپنا سر ہتھیلی پر لے کر بہن کی عزت بچانے چلے آئے، اور ہم تمام ہم وطنوں کے ماموں ہونے کا شرف حاصل کر لیا۔ ایک اور بادشاہ سلامت بھی اتنی ہی دور سے چل کر آئے اور خالو والا رشتہ بنا لیا جسے چار سو برسوں تک دونوں ہی طرف سے نبھایا جاتا رہا۔ موجودہ دَور میں بھی تو اس خاص فرقے کے بہت سارے لوگ ان کے بچوں کا خالو ہونے کا شرف حاصل کر چکے ہیں۔ ان کی تو بڑی آؤ بھگت ہوتی ہے۔ سیاست داں ہیں تو اونچے اونچے عہدے عطا کیے جا رہے ہیں۔ اداکار یا فن کار ہیں تو ان کی فن کاری پر تعریفوں کے ڈونگرے لٹائے جاتے ہیں، تو پھر...

تو پھر کیا؟ ارے صاحب، انہیں ایسے لوگوں کے بچوں کا خالو بننے میں کوئی قباحت تھوڑی نا ہے۔ انہیں تو چڑ اس بچے کا خالو بننے سے ہے جس کی ماں پیا کے رنگ میں رنگ جاتی ہے، یا یوں کہیے کہ اپنے پیا سے "موہے سانوَر رنگ دئی دے" کی ہٹ کر بیٹھتی ہے اور اس کا سانوریا اسے اپنے سانولے رنگ میں رنگ دیتا ہے۔ جب کہ عقل مندی تو اسی میں تھی کہ بقول آپ کے متذکرہ بالا نیتاؤں، فن کاروں یا بادشاہ سلامت کی طرح وہ بھی اپنی سجنی کو اس کے رنگ میں ہی رہنے دیتا اور اپنے ہم زلفوں کا پیار بٹورتا اور رنگ بدلنا ہی اتنا ضروری سمجھتا تھا تو گھر کی اندرونی دیواروں کو اپنی پسند کے رنگ سے رنگ سکتا تھا۔ باہری دیواروں کا رنگ بدل کر اس کی تشہیر کرنا، چہ معنی دارد؟

کاش، محلے کے "بزرگوں" میں سے کوئی ان دونوں ہم زلفوں کو سمجھا سکتا کہ 'بھیّا، چڑنے کی بھی حد ہوتی ہے، اور چڑانے کی بھی!'

انشائیہ

کھڑکی

ڈاکٹر سید حسین احمد زاھدی

میرے ایک جان پہچان والے ہیں۔ وہ ایک بڑے سائنٹسٹ ہیں۔ ان کی قابلیت کو دیکھتے ہوئے امریکہ نے انہیں اپنے ملک میں نہ صرف ملازمت دی بلکہ شہریت بھی عطا کر دی۔ وہ مستقل طور پر امریکہ میں سٹل ہو گئے ہیں۔ ہر دوسرے تیسرے سال آب وہوا کی تبدیلی کے لیے وہ اپنے آبائی وطن ہندوستان آجاتے ہیں۔ وہ جب بھی ہندوستان آتے ہیں تو ملاقات کی غرض سے ہمارے یہاں بھی تشریف لاتے ہیں۔ ان کی گفتگو کا پورا زور امریکہ کی ترقی اور ہندوستان کی پسماندگی پر ہوتا ہے۔ ایک بار تشریف لائے تو باتیں سائنسی ترقی پر ہونے لگیں۔ ان کا کہنا تھا کہ سائنس کی ترقی دیکھنی ہو تو امریکہ آیئے۔ یہاں رہ کر آپ سائنس کی ترقی کا کوئی اندازہ ہی نہیں کر سکتے۔ وہاں ایسی ایسی چیزیں ایجاد ہوئی ہیں کہ عقل دنگ رہ جاتی ہے۔ میں نے جواباً کہا کہ ہمارا ملک بھی اس مقابلے میں امریکہ سے کم نہیں ہے۔ یہاں عہدِ قدیم سے ایجادات و اختراعات کا عمل جاری ہے۔ ہمارے سائنس دانوں نے ایسی نادر چیز ایجاد کی ہے کہ دیوار کے پار کی ہر چیز کا نظارا کر لیجیے۔ وہ میری بات سن کر حیران رہ گئے۔ اپنے حواس پر قابو پا کر انہوں نے دریافت کیا کہ آخر وہ کیا ایجاد ہے جس کے ذریعہ آپ پختہ اور ٹھوس دیوار کے پار کی ہر نقل و حرکت کا مشاہدہ کر لیتے ہیں۔ میں نے کھڑکی کی طرف اشارہ کرتے ہوئے کہا: ”وہ ایجاد یہ ہے۔ یہ ہمارے بزرگوں کی ایجاد ہے۔“ یہ سن کر وہ ہنسے اور کہا: ”اچھا مذاق کر لیتے ہیں آپ۔ کھڑکیاں تو ہر ملک میں ہوتی ہیں۔ یہ اہم ایجاد کیسے ہو سکتی ہے؟“ میں نے کہا: ”ابتدا میں پہیے کی ایجاد کو بھی کوئی اہمیت نہیں دی گئی تھی حالانکہ یہ دنیا کی سب سے اہم ایجاد تھی۔ دنیا کی تیز ترین گاڑیوں کو اسی سے رفتار ملی ہے۔ اگر پہیہ ایجاد نہ

ہوتا تو آج بھی ہم اپنا سامان کاندھے پر لاد کر دور دراز کا سفر پیدل کرنے پر مجبور ہوتے۔ آج ہماری نظروں اس کی کوئی اہمیت نہیں ہے۔ کھڑکی بھی بڑی اہمیت کی حامل چیز ہے۔ امریکہ اور یورپ میں تواب کھڑکیاں بند کی جارہی ہیں۔ ائیر کنڈیشن چلانے کے لیے کھڑکیوں کا بند ہونا ضروری ہے ورنہ کمرہ ٹھنڈا نہیں ہوگا۔ میری بات سن کر وہ خاموش ہوگئے۔

ان دنوں آبادی میں بے تحاشہ اضافہ کی وجہ سے زمین وجائداد کی قیمتیں بھی خوب بڑھی ہیں۔ لوگ مختصر مکانات اور کمروں میں رہنے پر مجبور ہوگئے ہیں۔ جگہ کی تنگی کی وجہ سے کھڑکیاں غائب ہونے لگی ہیں۔ دروازوں نے کھڑکی کی شکل اختیار کرلی ہے۔ ان مختصر دروازوں سے مکان میں بہ حفاظت داخل ہونے کے لیے سر جھکانا لازمی ہو جاتا ہے۔ ان مختصر دروازوں کی وجہ سے لوگوں کے اندر پگڑیاں پہننے کا چلن تقریباً ختم ہوگیا ہے۔ انسان اور پگڑی میں سے کوئی ایک چیز ہی اندر داخل ہوسکتی ہے۔ پگڑی اتار کر بھی آپ خمیدہ ہو کر ہی اندر داخل ہوسکتے ہیں۔ سر بچانے کے لیے سر جھکانا ضروری ہے۔ بقول اشہرؔ ہاشمی۔

جھک کے داخل ہوا ترے گھر میں\
سر بچایا تو آن ٹوٹ گئی

دشمنوں کے آن توڑنے کا کام پہلے زمانے کے بادشاہ بھی کیا کرتے تھے۔ اپنے محل میں آمد و رفت کے لیے اونچے اونچے دروازے لگاتے تھے لیکن دشمنوں کے لیے کھڑکی نما دروازے بنواتے تھے۔ جتنا بڑا دشمن ہوتا اس کے لیے اسی قدر چھوٹی کھڑکی بنائی جاتی تھی۔ بادشاہ محل کے اندر ہوتا اور دشمن کو کھڑکی کے ذریعہ اندر لایا جاتا تھا۔ دشمن بادشاہ جھک کر محل میں داخل ہوتا۔ فاتح بادشاہ مسکراتی نظروں سے اس کا مشاہدہ کرتا تھا۔ اسے خوشی ہوتی تھی کہ اس کا دشمن اس کے سامنے جھکنے پر مجبور ہوا۔

بادشاہ اور راجے مہاراجے اپنی رہائش کے لیے وسیع مکانات بناتے تھے جو قلعہ نما ہوتے تھے۔ یہ مکانات خوب روشن اور ہوادار ہوتے تھے۔ ہوا اور روشنی کے لیے بڑی بڑی کھڑکیاں لگائی جاتی تھیں۔ ان کھڑکیوں کو دیکھ کر اکثر عقل دنگ رہ جاتی ہے۔ یہ بات سمجھ میں نہیں آتی کہ یہ کھڑکیاں ہیں یا دروازے۔ بادشاہ سلامت ہاتھی کے ہودے میں بیٹھ کر شان سے محل میں داخل ہونا پسند کرتے تھے۔ اس لیے دروازے اسی جسامت کے لگائے جاتے تھے۔ ان محلات کی کھڑکیاں دروازہ نما ہوتی تھیں۔ ان کھڑکیوں میں نہ لوہے کی سلاخیں ہوتی تھیں اور نہ کوئی حفاظتی جنگلہ۔ دشمنوں کے اچانک حملے کے وقت حکمراں ان کھڑکیوں سے فرار ہو جاتے تھے۔ دشمن اس اعتماد کے ساتھ دروازے پر تلوار سونتے کھڑا رہتا تھا کہ بادشاہ سلامت فرار کے لیے اسی دروازے سے قدم رنجہ فرمائیں گے۔ بادشاہ سلامت دور کہیں موجود کھڑکی سے کود کر فرار ہونے میں کامیاب ہو جاتے تھے۔ اتنی بڑی بڑی کھڑکیاں اس لیے لگائی جاتی تھیں کہ فرار ہوتے وقت بھی شاہی جاہ و جلال کا پورا خیال

رکھا جائے۔ دشمن سے جان بچا کے بھاگنا بھی پڑے تو پورے وقار کے ساتھ تا کہ دشمن کو ہنسنے کا موقع نہ ملے۔

ایک مکان کی تمام تر رونق کا دار و مدار کھڑکی پر ہے۔ مکان کو روشن اور ہوادار بنانے میں بڑا ہاتھ کھڑکی کا ہوتا ہے۔ ہوا اور روشنی کے علاوہ کھڑکی دوسرے کام بھی آتی ہے۔ دروازے پر قرض خواہ کھڑا ہو تو اس سے بچ کر گھر میں آنے کا واحد ذریعہ کھڑکی ہے۔ کھڑکی تفریح اور دل بہلانے کا بھی بڑا ذریعہ ہے۔ اکثر افراد کھڑکی کے قریب ایک اونچی کرسی رکھ کر بیٹھ جاتے ہیں اور باہر کے مناظر سے لطف اُٹھاتے ہیں۔ گاڑیوں کی آمد و رفت، راہ چلنے والوں کی بھیڑ اور خرید و فروخت کے مناظر دل بہلانے کے کام آتے ہیں۔ باہر ہونے والی تمام لڑائیوں کا لطف کھڑکی سے ہی حاصل کیا جاسکتا ہے۔

کھڑکی کی اہمیت سے وہ لوگ زیادہ واقف ہوں گے جنہوں نے بچپن میں ریل کا سفر کھڑکی کے ذریعہ کیا ہو گا۔ آج سے پچاس سال پہلے ٹرین کے تیسرے درجے میں داخلے کی واحد صورت کھڑکیاں ہوتی تھیں۔ دروازے کو لوگ اپنے بھاری بھر کم سامان کے ذریعہ جام کیے رہتے تھے۔ لاکھ کوشش کے باوجود ایک کمزور انسان کا دروازے کے ذریعہ ڈبّے میں داخل ہونے کا عمل ناممکن ہو جاتا تھا۔ اس وقت والد یا گھر کا کوئی اور بزرگ بچوں کو گود میں اُٹھا کر کھڑکی کے ذریعہ ٹرین میں داخل کرنے کی کوشش کرتا تھا۔ اس کے ساتھ ہی وہ اندر موجود کسی کسی مسافر سے درخواست بھی کرتا تھا کہ وہ بچے کو اندر کھینچ لے۔ دھر پکڑ اور کھینچ تان کے ذریعہ بچے ٹرین کے اندر پہنچنے میں کامیاب ہو جاتے تھے۔ بھیڑ کی وجہ سے وہ کسی کے سر یا گود میں بیٹھنے پر مجبور ہو جاتے تھے۔ وہاں سے بھی دھکے کھا کر ٹرین کی کسی دیوار سے لگ کر کھڑے ہو جاتے۔ ٹرین کی روانگی سے قبل خاندان کے زیادہ تر افراد کھڑکی کے ذریعہ ٹرین کے اندر پہنچ جاتے تھے۔ اس کی تصویر کشی ایک شاعر نے کیا خوب کی ہے ؏

کوئی یہاں گرا، کوئی وہاں گرا

والد بھی مار پیٹ کرتے اور دھکّے دیتے اور کھاتے ڈبّے میں پہنچ جاتے۔ پہلے پورے خاندان کو یکجا کرنے کی قواعد شروع ہوتی۔ پھر سب کی گنتی کی جاتی۔ جب سب مل جاتے تو اطمینان کا سانس لیا جاتا کہ سب بخیر و عافیت ٹرین میں سوار ہونے میں کامیاب ہو گئے۔

ان دنوں کھڑکی کا چلن عام ہے۔ بینک ہو یا پوسٹ آفس، ریلوے ٹکٹ کاؤنٹر ہو یا راشن کی دکان، ہر جگہ آپ کو چھوٹی چھوٹی کھڑکیاں ملیں گی۔ یہ کھڑکیاں اتنی چھوتی ہوتی ہیں کہ انسان کا صرف ہاتھ ہی اندر داخل ہو سکتا ہے۔ اس کھڑکی کے پیچھے بیٹھا بابو خود کو ہر طرح سے محفوظ سمجھتا ہے۔ اس لیے خوب ڈانٹ ڈپٹ کر گفتگو کرتا ہے۔ عوام ان کھڑکیوں کی اہمیت سے واقف ہوتے ہیں۔ لہٰذا کسی ہدایت کے باوجود ان کھڑکیوں کے سامنے لائن میں لگ جاتے ہیں۔ بینک میں بنی یہ کھڑکیاں کیش کاؤنٹر کہلاتی ہیں جہاں رقم جمع کی جاسکتی ہے یا رقم نکالی جا سکتی ہے۔

”ہم ہوا میں ہوں“

شکیل احمد

طنز و مزاح

آج نٹو کا بتیسواں جنم دن ہے۔ نٹو پورے سال کچھ کرے یا نہ کرے لیکن اپنا جنم دن بہت دھوم دھام سے مناتا ہے۔ مجھے تو لگتا ہے کہ یہ سال بھر صرف اسی دن کا انتظار کرتا رہتا ہے۔ چونکہ میرا ٹرانسفر پٹنہ میں ہی ہو گیا تھا اور میں پچھلے چار مہینوں سے یہاں رہ رہا تھا، نٹو سے میری ملاقات ہوتی رہتی تھی۔ اس نے نہ صرف اپنے جنم دن پارٹی کی دعوت ایک مہینے پہلے سے دی تھی بلکہ رہ رہ کر مجھے یاد دہانی بھی کراتا رہتا۔ کبھی واٹس ایپ کے ذریعہ تو کبھی فون کر کے۔ نٹو میں یہ ایک اچھی کوالٹی تھی کہ وہ لوگوں کو بڑی آسانی سے شیشے میں اتار لیتا تھا تو پھر میں کیسے بچتا۔ خیر میں جب ہال میں داخل ہوا تو سالگرہ کی تقریب شروع ہو چکی تھی۔ ہال کو کافی اچھے طریقے سے سجایا گیا تھا۔ ایک لوکل ڈی جے کا جگاڑ بھی کر لیا تھا۔ شاید کلکتے میں بھی اس عمر کے لوگ اس طرح سے سالگرہ کی پارٹی کم ہی مناتے ہوں گے۔ میری سمجھ میں نہیں آ رہا تھا کہ اس کے لیے کیا تحفہ لے جاؤں۔ لہٰذا میں نے ایک گلدستہ خرید لیا اور ایک ٹائٹن کی گھڑی لے لی۔ نٹو کی نظر جیسے ہی میرے اوپر پڑی، وہ بھاگ کر میرے پاس آیا اور میرا ہاتھ کھینچتے ہوئے کہا: ”ارے بھیا... آپ اتنا دیر کر دیا آنے میں۔ آیئے آیئے۔ ایدھر اسٹیج میں بیٹھیے بھیّا۔“ اور مجھے اپنی بغل والی کرسی میں بٹھا دیا اور پھر اس نے کسی بادشاہ کی طرح ہاتھ ہلاتے ہوئے کہا ”نیکسٹ پرفارمنس پلیز!“

اس کے دوستوں میں سے ایک اٹھا اور اس کی طرف ہاتھ دِکھا دِکھا کر گانے لگا ”یہ جو تیری پایلوں کی چھن چھن ہے... آسیکوں کے دل کی یہ دھڑکن ہے... چھن چھن کیسے جا...“

میری سمجھ میں نہیں آیا کہ نٹو کے لیے ایسا گانا کیوں گا رہا ہے... مجھ سے رہا نہیں گیا اور میں پوچھ بیٹھا: ”ارے نٹو... یہ لڑکا تمہاری طرف اشارہ کر کر کے یہ گانا کیوں گا رہا ہے؟“

”ارے بھیّا، ہم کا بولیں۔ ایک دن بھانڑ توڑ کے پورا ریزگی اپنا پینٹوا میں رکھ کر ہم اِدھر اُدھر گھوم رہے تھے۔ اب اپنا من سے تھوڑے نہ کوئی بولے گا کہ ہمرا پاس بہوت پیسہ ہے۔ ہم کو لگا کہ ہمرا بہوت اچھا امپریسن پڑے گا... ای سالا پورا الٹا ہو گیا بھیّا۔ ای گنوا سنا سنا کر ہمرا ٹنگوا کھینچتا ہے اور کا۔“

"یہ تمھارا دوست ہے نا؟ تو پھر سب کے سامنے تمہاری ٹانگ کیوں کھینچتا ہے؟" میں نے حیرانی سے پوچھا۔

"دوستوا لوگ سبّے ایسی ہی ہوتا ہے۔ ہم کو کُچھّو ہونے سے سب سے پہلے ای سسور کا ناتی دوڑ کے ہمرا پاس آوے گا۔"

خیر مجھے بھی پارٹی میں آکر اچھا ہی لگا۔ دوسرے شہر میں اپنے ساتھ کچھ وقت بتا کر اچھا ہی لگتا ہے۔ میں پارٹی سے نکل ہی رہا تھا کہ نٹو نے میرا ہاتھ پکڑ کر کہا "بہوت اچھا لگا بھیّا آپ ای پارٹی میں آئے۔"

"آتا کیسے نہیں؟ تم نے اتنے پیار سے جو بلایا تھا۔" میں نے یونہی کہہ دیا۔

"بھیا، ایک بات بولیں؟"

"ہاں بولو۔"

"بھیّا... ہمرا نا ایک بہت بڑا ارمان ہے جس کو آپ کے سوا نا کوئی پورا نہیں کر سکتا ہے بھیّا۔"

"اچھا؟ ایسا کیا ارمان ہے بھائی۔" مجھے کچھ گھبراہٹ سی ہونے لگی۔ پتا نہیں کیا مانگ بیٹھے۔

اسی دوران اس کے کچھ دوست بھی پاس آکھڑے ہوئے اور ایک نے کہا" ہاں بول نا بھیّا کو... بھیّا سے کیا سرمانا۔" یہ کہنا تھا کہ اوروں نے بھی ہاں میں ہاں ملانا شروع کر دیا۔

میری گھبراہٹ بڑھنے لگی یہ کون سا ارمان ہے بھائی جو پورے محلے کو پتا ہے اور یہ میرے سر منڈھنے والا ہے۔ نٹو نے شرماتے ہوئے کہا" بھیّا، ہم کو نا جہجوا میں بیٹھنے کا بڑی سوق ہے... ہمرا جان پہچان میں کوئی اتنا پڑھا لکھا تھوڑی نا ہے بھیّا جو جہاج واٹیں آتا جاتا رہتا ہو... ہم اس کے لیے پچھلا سال سے ٹکٹوا کا پیسا بھی جما کر رہے ہیں بھیّا۔"

"اتنی سی بات؟ اس میں کون سی بڑی بات ہے۔ لیکن تم جانا کہاں چاہتے ہو؟"

"کہیں بھی بھیّا۔ ہم تو بس جہجوا میں ایک بار بیٹھنا چاہتے ہیں۔ یہ سنتوشوا ہے نا، سنتوشوا۔"

"کون سنتوش؟" میں نے آہستہ سے پوچھا۔

"ارے اوجو ہرا رنگ کا شرٹ نہیں پہنا تھا۔ دیکھا نہیں جو پلاؤ کو چھوڑ کر کھلی چکنوا پر ٹوٹ پڑا تھا... اوہی... ایک دو جہجوا میں کا بیٹھ گیا... ہر ٹائم کھلی جہجوا کا بات چھیڑ دے گا۔ ہم ٹھیکے بول رہے نا للّا؟" اس نے اپنے باقی دوستوں کے طرف دیکھتے ہوئے پوچھا۔

"ہاں نٹو بھیا۔ ایک دم سہی۔"

مجھے دیر ہو رہی تھی تو میں نے صرف اتنا کہہ دیا کہ میں بات کرتا ہوں۔ لیکن نٹو کی خواہش میرے دل میں گھر کر گئی۔

اور اتفاق دیکھئے کہ کچھ دنوں کے اندر ہی میں نے کمپنی میں چل رہا ایک مقابلہ جیتا جس میں کمپنی کی طرف سے میں اپنے ایک ساتھی کو ٹور پہ لے جا سکتا تھا۔ جب میں نے یہ بات نٹو کو بتائی تو وہ خوشی سے جھومنے لگا اور بولا: "کا بول رہے ہیں بھیّا؟ ہم آپ کا ساتھ جہجوا میں بیٹھ کے گوا جانگے اور پھر اوہن سے جہجوا میں بیٹھ کر واپس آنگے۔ اب ہم او سسور کا ناتی سنتوشوا کو بتاتے ہیں۔ بہت انڈ کا سنڈ بکتا تھا۔ بھیّا، ہم ایک دم سے پورا طریکا سے تیّار ہیں بھیّا۔ آپ ہم کو کھلی ٹیموا اور دن بتا دیجئے۔"

مجھے بھی اس کا جوش دیکھ کر اچھا لگا۔ چلو اسی بہانے اس کے پیسے بھی بچ جائیں گے اور اس کا خواب بھی پورا ہو جائے گا۔

میں دیئے گئے وقت پر ائیر پورٹ پہنچ کر نٹو کا انتظار کرنے لگا۔ اصولاً تو اب تک نٹو کو آجانا چاہیئے تھا۔ میں اسے فون کرنے کی سوچ ہی رہا تھا کہ ایک آٹو رکشہ ایئر پورٹ کے گیٹ پر رکا اور اس میں سے نٹو باہر نکلا۔ مجھے اسے دیکھتے ہی ہنسی آگئی۔ نٹو پیلے رنگ کی چمکتی ہوئی ٹائٹ فٹ ٹی شرٹ اور سبز رنگ کے faded جینز پہنے میری طرف چلا آ رہا تھا۔ نٹو کے پیچھے اس کے چار دوست ایسے آ رہے تھے جیسے نٹو کہیں کا بادشاہ ہو اور وہ اُس کے سپہ سالار۔ میرے پاس آتے ہی میرے گلے لگ گیا اور اپنے دوستوں سے کہا "پاؤں چھوؤ بھائی کے" اور اس کے چاروں دوست میرے پاؤں چھونے کے لیے آگے بڑھے۔ میں نے دور سے ہی آشیرواد دیا اور ان لوگوں کے جانے کے بعد میں نے نٹو کے پھٹے ہوئے جینز کی طرف دیکھتے پوچھا:

"کیا بات ہے... لگتا ہے اس سفر کے لیے کافی شاپنگ وغیرہ کیا ہے تم نے۔"

"اور نہیں تو کا بھیّا۔ لیکن ای جینسوا نا بھیّا، بہوت پرانا ہے۔ کل رات میں ہی تو پیٹی سے نکالا ہے۔ ارے ہمرا گھر کا چوہا بھی کم نہیں بھیّا۔ اب کا بولیں، اس کو بھی کچھو نہ کچھو کام چاہیئے۔ کہیں کچھ کرنے کو ناہیں ملا تو سسور کا ناتی ہمرا جینسوا ہی کتر دیا۔"

"تو یہ اسٹائل تمھارے گھر کے چوہوں نے بنایا ہے۔ بڑے خوش نصیب ہو بھائی۔ لوگ تو ایسے پینٹ کم سے کم دو سے ڈھائی ہزار میں خریدتے ہیں۔"

"آپ ٹھیکے بول رہے ہیں بھیّا۔ اگر ہمرا گھر کا چوہا لوگ تھوڑا سا بھی وفادار ہوتا نا بھیّا، تو ای پھٹا جینسوا کا کاروبار شروع کر دیتے۔"

میں نٹو سے کہا "دیکھو، تم میرے پیچھے پیچھے رہنا اور جیسے جیسے میں کرتا ہوں تم کو صرف اس کو فالو کرنا ہے۔ ٹھیک ہے؟"

"ایک دم بھیّا۔"

میں اور نٹو لگیج سکینگ کے لائن میں لگ گئے۔ ہم لوگ جیسے ہی اپنا سامان سکین کرنے کے بعد ٹکٹ

کاؤنٹر کی طرف بڑھے، نٹو نے فوراً ایک سوال کیا:

"بھیّا، ای لوگ یہ مشینوا میں ہم لوگ کا سمان کو گھسا کے کو نچی ڈھونڈ رہا تھا؟"

"یہ لوگ کچھ ڈھونڈ نہیں رہے، بلکہ چیک کر رہے تھے کہ بیگ میں کوئی ایسا ویسا سامان تو نہیں جس سے پلین کے یاتریوں کو کوئی خطرہ ہو۔ سمجھے؟" میں نے نٹو کو سمجھاتے ہوئے کہا۔

"ہاں بھیّا، بہت بڑھیا چیک کرتا ہے ای لوگ۔ جب آتنک وادی اتنا بڑا ہتھیار لے کے پلین وا میں گھس جاتا ہے تب کا ای لوگ مشینوا کو بند کرنے کے کھینی کھانے جاتا ہے؟"

میں نے نٹو کی طرف حیرانی سے دیکھا۔ بات تو غلط نہیں کر رہا تھا۔ آخر اتنے سیکیورٹی کے بعد بھی پلین کو ہائی جیک کیسے کر لیتے ہیں؟

میں نے بات کو بدلتے ہوئے کہا "یہاں سے ممبئی قریب دو گھنٹے کا سفر ہے اور پھر وہاں سے گوا قریب پینتالیس منٹ کا ہو گا۔ کیا کرو گے جہاز میں اتنی دیر؟"

"ارے بھیّا، مت پوچھیے۔ ہم تو جب سے سنا ہے کہ جہجوا میں ہم سفر کریں گے بس تب سے یوٹیوب میں ایک سے بڑھ کر ایک ویڈیو ڈاؤن لوڈ کر لیا ہوں بھیّا۔"

"بہت اچھے۔"

نٹو نے اپنا موبائل نکالا اور شروع ہو گیا۔ پٹنہ ایئرپورٹ کی کوئی بھی جگہ نہیں بچی ہو گی جہاں اس نے سیلفی نہ لیا ہو۔ حالانکہ نٹو پہلی بار سفر کر رہا تھا لیکن اس کا اعتماد دیکھ کر کچھ لوگ تو دھوکا ضرور کھا گئے ہوں گے۔ ایئرپورٹ میں کسی بھی دُکان میں گُھس جاتا، دام دَر کرنے کے بعد واپس آ جاتا۔

میں نٹو سے پوچھا: "کچھ خریدنا ہے کیا؟"

"نہیں بھیّا، ای چوروا لوگ سے کون لے گا۔ باپ رے باپ! سبّے چیز کا دام بڑھا بڑھا کے بول رہا ہے۔ پانی تک کو نہیں چھوڑا بھیّا۔ بیس روپیہ کا بوتل کو ستر روپیہ بول رہا ہے۔ ہم او لوگ کو اُلّو دِکھ رہے ہیں کا؟"

"نٹو... ایئرپورٹ میں ہر چیز مہنگی ہوتی ہے۔"

"او کا ہے؟ ایک تو جہجوا والا لوٹ رہا ہے اور پھر ساتھ میں اپنا بھائی بندھو کا دکان بھی کھلوا دیا ہے، اور او لوگ کو بولا ہو گا، ہم تو بڑھیا سے لوٹ رہے ہیں ای لوگ کو، تم لوگ بھی مجے سے اُلّو بناؤ سب پسنجر وا کو۔"

میں نے مسکراتے ہوئے کہا "چلو، پلین میں چڑھنے کا وقت ہو گیا۔"

"کا بولرے ہیں بھیّا؟ سچ مچ پلین وا آ گیا؟"

"ہاں، آ گیا۔"

ہم لوگ پلین میں چڑھنے کے لیے آگے بڑھے۔ دیکھا نٹو تیز تیز چلنے لگا۔

میں نے نٹو سے پوچھا: "کیا ہوا نٹو؟ اتنی تیز کیوں چل رہے ہو؟ کوئی بات ہے کیا؟"

"ارے بھیّا، آہستہ چلیں گے تو کھڑکیا والا سیٹ کیسے لوٹیں گے؟ ہم کو تو اوہی سیٹ میں بیٹھنا ہے بھیّا۔ ایک دم ایکے بار پورا سہر کا نجارا دیکھیں گے۔"

"ارے نٹو، سب کا سیٹ پہلے سے بک ہوتا ہے۔ ایسا کچھ نہیں ہے۔ اور ویسے بھی تمہارا ونڈو سیٹ ہی ہے۔"

"کا بول رہیں ہیں بھیّا؟ آپ نے تو ہمرا دل کھوس کر دیا۔"

سارے پسنجر آن بورڈ ہو جانے کے بعد ایئر ہوسٹس نے جیسے ہی اعلان شروع کیا، نٹو کے ہاؤ بھاؤ بدلنے لگے۔ "ارے بھیّا، ای لڑکیا کا بول رہی ہے؟ جتنا اپسگون بات بول سکتی تھی، سبّے تو بول ہی دیا۔ کچھو تو نہیں چھوڑا۔ بتاوا ای کوئی طریکا ہے؟"

"کیا ہو گیا نٹو؟ تم اتنا ناراض کیوں ہو رہے ہو؟"

"ارے بھیّا، سفر سے پہلے شبھ شبھ بولنا چاہیے۔ ای تو بول رہی کہ آکسیجن کا کمی ہو سکتا ہے، جہاجوا ایمر جنسی لینڈ کر سکتا ہے، پانی میں اتر سکتا ہے۔ ہمرا تو دل بہوت گھبرا رہا ہے بھیّا۔ ہمرا تو اب تک سادی بھی نہیں ہوا بھیّا۔ کوئی دو گو سچا آنسو بھی نہیں بہا گا ہمرا مرنے پر۔"

"ارے نٹو، یہ صرف اس فلائٹ کے لیے نہیں بلکہ ہر فلائٹ سے پہلے یہ کہا جاتا ہے تاکہ اگر ایمر جنسی ہو تو لوگ اپنی مدد کر سکیں۔"

"کا بول رہے ہیں بھیّا؟ اگر ہم کو مالوم ہو گا کہ جہاج وا پانی میں اترنے والا ہے تو ہم بھگوان کا نام لیں گے نا کہ کرسی کا نیچے لائف جیکٹوا کھوجتے پھریں گے۔" اس کا یہ سب بولنا تھا کہ آس پاس کے لوگ ہم لوگوں کی طرف دیکھنے لگے۔

"کیا کر رہے نٹو؟ سب لوگ ہماری طرف دیکھ رہے ہیں۔"

کچھ لوگوں کی ہنسی کی آواز بھی ہم سن سکتے تھے۔ جہاز نے ٹیک آف لینے کے لیے رن وے پر جیسے ہی تیزی پکڑی، نٹو نے اپنی آنکھیں بند کر لیں اور میرا ہاتھ زور سے پکڑ لیا۔

"نٹو، آنکھیں کھولو۔ طیارہ ٹیک آف کر چکا ہے۔"

نٹو نے ادھ کھلی آنکھوں سے کھڑکی سے باہر دیکھا اور، بجائے خوشی کے، گھبراتے ہوئے کہا "ارے بھیّا، پلین واتو اوپر اُڑتا چلا جارہا ہے۔ ارے اور کتنا اوپر لے جائے گا؟ ساتواں آسمان پار کر کے ای پائلٹوا دم لے گا؟"

"نٹو، پلیز چپ رہو۔ لوگ ہماری طرف دیکھ رہے ہیں۔" میں نے دبے لہجے میں کہا۔

نٹو تھوڑی دیر چپ رہا۔ پھر اس نے کہا" بھیا، ہم کو تھوڑا ایک نمبر جانا ہے۔"

"کیا مصیبت ہے یار... پلین میں... ٹھیک ہے... وہ سامنے ٹوائلٹ ہے۔"

نٹو ٹوائلٹ سے آکر بڑا مسکرا رہا تھا۔ مجھے اس کے اچانک مسکرانے کی وجہ سمجھ میں نہیں آئی۔ میں پوچھ بیٹھا: "کیا بات ہے؟ بڑا مسکرا رہے ہو۔"

"سنتو شوا پلین میں دو بار اٹھا ہے مگر پلین وا میں ایک نمبر تھوڑی نا کیا ہوگا۔ اب ہم سے تھوڑا بات کرے نا پلینوا کے بارے میں۔ ایسا پچھاڑیں گے نا بھیا اس کو کہ جہجوا کا نام ہی لینا بھول جائے گا او سسورا کا ناتی ہمرا سامنے۔"

"نٹو اب تم تھوڑا شانتی سے بیٹھو۔ میں اپنا کچھ کام کرلوں۔"

کچھ دیر کے بعد نٹو میرا ہاتھ پکڑ کر گھبراتے ہوئے بولا: " بھیا، ہم گوا آپ کا ساتھ نہیں جائیں گے۔ ہم کو ماپھ کر دیجیے۔ ہم ممبئی سے واپس پٹنہ آجائیں گے۔"

"یہ کیا بکواس کر رہے ہو؟ آخر ہوا کیا؟ تم گوا کیوں نہیں جانا چاہتے ہو؟"

"ارے بھیا، یہ ویڈیو دیکھیے۔"

میں نے حیرانی سے ویڈیو پر نظر ڈالی تو ہوائی جہاز کے حادثے کا ویڈیو تھا، اور یہ ویڈیو دیکھ کر نٹو بری طرح سے گھبرا گیا تھا۔ میں نے کہا: "تم یہ ویڈیو دیکھ کیوں رہے ہو؟"

"ارے ہم کو کا پتہ تھا بھیا، بہوت سارا پلین کا ویڈیو ڈاؤن لوڈ کیا تھا۔ اس میں پتہ نہیں یہ بھی کیسے ڈاؤن لوڈ ہو گیا۔"

"ایسا کچھ نہیں ہوتا ہے نٹو۔ مجھے دیکھو میں تو کتنے دنوں سے سفر کر رہا ہوں۔ کچھ ہوا مجھے؟"

میری بات ختم بھی نہیں ہوئی تھی کہ اچانک انجن کے پاس سے کچھ شور و غل سنائی دیا۔ پھر کچھ ہی پل میں ہلچل شروع ہو گئی۔ کچھ پل کے لیے میں بھی گھبرا گیا تھا لیکن پوچھنے پر پتا چلا کہ کسی مسافر کو convulsion ہونے کی وجہ سے ہلچل مچ گئی تھی۔ کچھ اطمینان ہوا تو میری نظر نٹو پر پڑی۔ نٹو آنکھیں بند کیے اپنا سر سیٹ کی پشت پر ٹکائے بے سدھ بیٹھا تھا۔ میں تو اسے اس حالت میں دیکھ کر گھبرا گیا۔ آس پاس کے کچھ مسافر بھی اپنی سیٹ سے ہماری طرف دیکھنے لگے۔ میں نے فوراً ایئر ہوسٹس سے پانی منگوایا اور نٹو کے چہرے پر چھڑکا۔ مجھے لگا کہیں نٹو بے ہوش تو نہیں ہو گیا۔ میرے پانی چھڑکنے پر بڑی مشکل سے نٹو نے آہستہ آہستہ آنکھیں کھولیں۔ جب اس کی آنکھیں پوری کھل گئیں تو میں نے مسکراتے ہوئے پوچھا: "نٹو، کہاں ہو تم؟"

اس نے آہستہ سے کہا "ہم ہوا میں ہوں بھیا۔" اور پھر سے اپنی آنکھیں بند کرلیں۔

اور یہ دیکھ کر ہم سب ہنس پڑے۔

انشائیہ

میڈ اِن چائنہ شاعر

عامر کاظمی

آج کل ہندوستان کی اسمال اور متوسط مینو فیکچرنگ سیکٹر کو اس حکومت نے اس لئے تباہ کر دیا ہے کہ ان کے احباب چین سے وہی پراڈکٹ سستے داموں میں بر آمد کر کے اپنی منھ مانگی قیمتوں میں سپلائی کر سکیں۔ سوئی سے لے کر مشینوں کے پارٹس تک دھڑلّے سے بر آمد کی جا رہی ہیں۔ اب حکومت جب اتنے کھلے عام یہ سب کر رہی ہے تو اردو ادب کے صنعت کار اس میں کیوں پیچھے رہیں؟ انہوں نے بھی ٹھان لی ہے کہ اب ملکی مارکٹ کی ڈیمانڈ کو غیر ملکی پراڈکٹ یعنی شعراء و شاعرات کو بھی امپورٹ کیا جانا چاہئے کیوں کہ یہ بڑا منافع بخش کاروبار ہے۔ چوں کہ ہمارا ملک مشاعروں کی مارکٹ کا ایک بڑا مارکٹ ہے اور یہاں گاؤں، کھیت و کھلیان، دیہات، شہر، اسکول، لائبریری اور کالجوں حتیٰ کہ سڑکوں، فٹ پاتھوں اور جھیل کی سطحِ آب سے اوپر بوٹ پر بھی منتظمین مشاعرے کا اہتمام ثواب کی نیت سے کرتے ہیں، علامہ اقبال نے یہ معرکۃ آراء شعر شاید اسی میڈ اِن چائنہ شاعروں کی نذر کی ہو۔

دشت تو دشت دریا بھی نہ چھوڑے ہم نے
بحر ظلمات میں دوڑا دئے گھوڑے ہم نے

میرے ایک دیرینہ رفیق محترم نجمی صاحب نے تو یہ بھی بتایا کہ بچوں کی پیدائش سے لے کر بزرگوں کی موت کے موقعے پر بھی اس کا اہتمام کیا جاتا ہے تا کہ بچے شعر سنتے ہوئے بازیچہِ اطفال میں داخل ہوں اور بزرگوں کو ایصالِ ثواب کے عوض قبر میں قبلہ منکر نکیر کی جگہ کسی شاعرِ بد لباس اور شاعرہِ خوش لباس کے اشعار پر ہی اکتفا کر لیں اور وہ قبر کی عذاب سے محفوظ ہو جائیں۔
شاید یہی وجہ رہی ہو گی کہ اردو کی جتنی اکیڈمیاں اور مشاعروں کے جتنے منتظمین ہیں، سب نے

اجتماعی طور پر سوچا ہو گا کہ پروڈکشن کے جھمیلے سے نکل کر براہِ راست ٹریڈنگ کرنے میں کوئی مضائقہ نہیں ہے اور اس کارِ بد میں تضیعِ اوقات بھی نہیں ہوگی، جس کے لئے آج کی تاریخ میں چائنہ سے موزوں کوئی مارکٹ ہو ہی نہیں ہو سکتا۔ چائنہ والے بھی بلا کے ذہین واقع ہوئے ہیں۔ ان کا مینو فیکچرنگ تجربہ بھی بڑا اعلیٰ قسم کا ہے جب وہ سامسنج اور آئی فون بنا سکتے ہیں تو شاعر بنانے میں کیوں دیر کریں۔ یہاں یہ واضح کرنا ضروری ہے کہ شاعر پیدا کرنے کے لئے وہ کوالیٹی پر کم اور کوانٹیٹی پر زیادہ توجہ دیتے ہیں۔ رامیٹیریل وہ پاکستان سے سستے داموں میں بر آمد کر کے ان میں کچھ فلیور امریکہ، برطانیہ اور خلیجی ممالک سے خرید کر ڈال دیتے ہیں۔ ان کے شعراء کی پراڈکشن کچھ اس طرح سے ہوتی ہے:

مرے ہوئے گمنام شعراء کے اشعار میں تھوڑا استاد شعراء کی زمین کا تڑکا، مشہور شعراء کا تخیل، کچھ انجان قسم کے شعراء کا خیال حسب ضرورت ڈال کر اس کو خلط کر کے ایک قسم کا گاڑھا بنا لیتے ہیں۔ پھر کسی گمنام عروضیے کو کم قیمتوں میں ان کی خدمات بحر و اوزان کی درستی کیلئے حاصل کر لیتے ہیں۔ لیکن شاعر یا شاعرہ تیار کر کے پیکیجنگ سے قبل اس بات کا خاص خیال رکھتے ہیں کہ شعراء یا شاعرات ایسے تیار کئے جائیں جو معنی آفرینی سے بہرہ ور نہ ہوں کیوں کہ اگر مال اوریجنل بن گیا تو اس پر میڈ ان چائنہ کا مہر ثبت کرنے میں اچھا نہیں لگے گا۔ غرض یہ کہ آجکل میڈ ان چائنہ کے شعراء اور شاعرات کی ہندوستان اور دبئی کے مشاعروں کی مارکٹ میں بہت ڈیمانڈ ہے۔ ناظرین و سامعین ان کا پھولوں سے سواگت اور تالیوں سے رخصت کرتے ہیں اور ان شعراء و شاعرات کی فیس دو ہزار کے لفافے سے شروع ہو کر دو لاکھ تک ہوتی ہے اور طعام میں غذائے مرغن کے علاوہ قیام مفت، خاص کر ان شعراء کی اچھی فیس ہوتی ہے جن کو اچھا ناچنے کے ساتھ گانا بھی آتا ہو۔ گانے کا مطلب یہ بالکل نہیں کہ وہ خوش الحان یا خوش گلو بھی ہوں بس بغیر سُر تال کے ایک مصرعے کو اتنا کھینچیں کہ ان کی گردن کی ساری رگیں بیک وقت پھڑ پھڑانے لگ جائیں اور سامعین اس خوف سے تالیاں بجانے لگ جائیں کہ کہیں شاعر کی سانس آخری نہ ہو۔

اچھا منتظم وہ ہوتا ہے جس کی نظر نیچے ہو لیکن حسین شاعرہ کو دیکھتے ہی نیت خراب کر لے یعنی اچھل اچھل کر وہی سب کرے جو نیا شادی شدہ ہنی مون پر کرتے ہیں!

(جاری)

(**نوٹ**: چائنہ کے صنعت کار اس کی بھی رامیٹیریل کی تلاش میں ہیں جس سے ریڈی میڈ ناظرین و سامعین اور منتظمین تیار کر سکیں!)

مزاحیہ غزل

گولی سے اُڑا دو!

جاوید نہال حشمی

اُٹھّو سبھی دنیا کے غریبوں کو بھگا دو
خالی نہ کریں گھر جو تو بستی کو جلا دو

ناقد ہو یہ دنیا کو کچھ اس طرح جتا دو
قابل کو گھٹاؤ کسی جاہل کو بڑھا دو

ہے آج سیاست بھی کہاں جنگ سے کمتر
بولی نہ لگا پاؤ تو گولی سے اُڑا دو

شعبہ جو منسٹر کو نہیں دے کبھی روزی
اُس شعبۂ بے فیض کے افسر کو ہٹا دو

حافظ ہے یہاں ایک پھٹے نوٹ کی مانند
گر چلتا نہیں ہے کہیں، مسجد میں چلا دو

کیوں عاشق و معشوق میں حائل رہے پردہ
ہوٹل میں بلا لو، کبھی شاپنگ ہی کرا دو

کرسی کو بچانے کا ہے یہ کھیل پرانا
ہندو کو مسلماں سے کبھی سکھ سے لڑا دو

سونپیں گے صدارت تمہیں جاویدؔ کسی دن
پہلے ہمیں مہمانِ خصوصی تو بنا دو

احمد کمال حشمی جلسے کی نظامت کرتے ہوئے

دائیں سے بائیں: اشرف احمد جعفری، ڈاکٹر حسین احمد زاہدی، قیوم بدر، اختر علی، انجم عظیم آبادی، ابوالکلام رحمانی، مبارک علی مبارکی، ڈاکٹر سنجر ہلال بھارتی، ارشد جمال حشمی، احمد کمال حشمی اور ایم سعید اعظمی

اشرف احمد جعفری شرکاء کا تعارف پیش کرتے ہوئے

معروف شاعر و مزاح نگار مبارک علی مبارک اپنا انشائیہ "اور داد مل گئی" پڑھ کر سناتے ہوئے

یوٹیوب چینل **گمنام قصے** کے خالق شکیل احمد اپنا مزاحیہ مضمون "ہم ہوا میں ہوں" اپنی سحر انگیز آواز میں سناتے ہوئے

ارشد جمال حشمی اپنا انشائیہ "واٹ این ایپ (What an App!) سناتے ہوئے

معروف شاعر، مترجم اور ناظم جلسہ احمد کمال حشمی اپنی پیروڈیز اور ہزل سنا کر سامعین کو محظوظ کرتے ہوئے

معروف افسانہ، افسانچہ و انشائیہ نگار، میزبانِ جلسہ اور معتمد دبستانِ ظرافت کلکتہ، جاوید نہال حشمی اپنی ہزل سنانے سے قبل
ادارے کے قیام اور اغراض و مقاصد پر مختصر روشنی ڈالتے ہوئے

www.ingramcontent.com/pod-product-compliance
Lightning Source LLC
LaVergne TN
LVHW020448080526
838202LV00055B/5385

* 9 7 8 1 9 5 5 6 0 3 0 8 9 *